L'Appel Sauvage

Jack London

Né en 1876 à San Francisco, fils naturel d'un astrologue ambulant, il vit une enfance misérable, commence une vie d'errance à quinze ans. Il exerce tous les métiers pour survivre : marin (jusqu'au Japon et à la Sibérie), blanchisseur, chercheur d'or au Klondike en 1896... Il lit beaucoup, travaille en autodidacte, pour entrer à l'université. Après Le Fils du loup, *publié en 1900, paraissent de nombreux romans où Jack London met à profit son expérience précoce du monde ouvrier, ses reportages sur la guerre des Boers, ou la guerre Russo-Japonaise, mais surtout l'expérience humaine acquise dans le Grand Nord (*L'Appel de la forêt, *1903 ;* Croc-Blanc, *1906).*
Écrivain de notoriété internationale, il semble s'être suicidé, en 1916, à l'exemple du héros de Martin Eden *(1908), son roman semi-autobiographique.*

Miles Hyman

Né en 1962 dans le Vermont, cet Américain a toujours manifesté des goûts et des talents éclectiques : après l'archéologie, il se passionne pour l'art lyrique, puis la peinture et la gravure. En 1986, il est remarqué par la critique pour un album publié chez Futuropolis : L'Homme à deux têtes ; *il devient illustrateur de presse (*Lire, Libération...*), dessine des couvertures de livres et réalise des affiches d'une très grande force poétique.*

JACK LONDON

L'APPEL SAUVAGE

TRADUCTION DE JEAN MURAY

IMAGES DE MILES HYMAN

HACHETTE
Jeunesse

1

VERS UN MONDE SAUVAGE

Buck ne lisait pas les journaux. Sinon, il aurait compris que de dures épreuves le guettaient, ainsi que tous les chiens aux muscles forts, au pelage long et chaud, qui vivaient sur la côte du Pacifique, de San Diego au fjord de Puget. Une poignée d'hommes, se frayant un chemin dans la pénombre des régions polaires, venaient de trouver des gisements de métal jaune. Immédiatement, des compagnies de transports maritimes avaient décidé d'exploiter cette découverte. Des milliers d'autres hommes commençaient à se ruer vers le Grand Nord. Mais il leur fallait des chiens de haute taille, des chiens lourds, à la musculature permettant les plus rudes efforts, à la fourrure assez épaisse pour les protéger du froid.

Buck habitait une spacieuse maison dans la vallée

ensoleillée de Santa Clara. On l'appelait la Maison du juge Miller. Elle se dressait en retrait de la route, à demi cachée par des arbres. Un regard à travers le feuillage suffisait pour apercevoir la large et fraîche véranda qui la ceinturait entièrement, et les allées de gravier, jalonnées de peupliers, qui serpentaient sur des pelouses. Derrière la maison, tout était encore plus vaste que devant. Il y avait des écuries où s'affairaient une douzaine de palefreniers, plusieurs rangées de maisonnettes couvertes de vigne vierge et réservées au personnel, des dépendances bien alignées et en parfait état, des treilles qui semblaient s'allonger à l'infini, des pâturages verdoyants et des vergers. Il y avait enfin la pompe mécanique du puits artésien et une piscine en ciment où les domestiques et les ouvriers du juge faisaient le matin un plongeon et où, l'après-midi, quand la chaleur était intense, ils prenaient un bain rafraîchissant.

Sur cet impressionnant domaine, Buck régnait. Il y était né quatre ans auparavant. Bien sûr, il y avait d'autres chiens. Dans un domaine comme celui-là, le contraire aurait été anormal. Mais ces chiens ne comptaient pas. Ils allaient et venaient, et s'abritaient dans des chenils surpeuplés. Ou bien, ils menaient une vie obscure dans certains recoins de la maison. A cette catégorie appartenaient Toots, le carlin japonais, et Ysabel, la chienne mexicaine à poil ras — étranges animaux qui ne sortaient pas, ne posaient jamais le pied sur la terre des jardins. Il faut enfin signaler une vingtaine de fox-terriers qui, peureux et menaçants à la fois, aboyaient dès que Toots et

Ysabel, bien protégés par des femmes de chambre armées de balais, apparaissaient à une fenêtre.

Buck n'était pas un chien d'intérieur, ni un chien de chenil. Son royaume était l'ensemble du domaine. Il se baignait dans la piscine ou allait à la chasse avec les fils du juge. Il accompagnait Mollie et Alice, les filles du juge, dans leurs flâneries du matin et du soir. Durant les soirées d'hiver, il se couchait aux pieds de son maître, devant le feu qui ronflait dans la cheminée de la bibliothèque. Il portait sur son dos les petits-fils du juge et les roulait dans l'herbe, ou bien il leur servait de garde du corps lorsqu'ils se lançaient dans de folles aventures qui les entraînaient jusqu'à l'abreuvoir des écuries, jusqu'aux enclos ou, plus loin encore, jusqu'à la cerisaie. Il lui arrivait de se pavaner dans le groupe des fox-terriers. Pour Toots et Ysabel, il n'avait que dédain. Car roi il était, roi de toutes les créatures rampantes ou volantes qui grouillaient à la Maison du juge Miller, sans oublier les êtres humains.

Elmo, son père, énorme saint-bernard, avait été le compagnon inséparable du juge. Buck marchait sur ses traces. Il était moins volumineux (il ne pesait que soixante-dix kilos), car Shep, sa mère, appartenait à la race des bergers écossais. Mais, à son poids déjà exceptionnel, s'ajoutait la dignité qu'il devait à d'excellentes conditions de vie et au respect qu'il inspirait à tous. C'est cette dignité qui lui donnait un maintien vraiment royal. Pendant ses quatre premières années, il avait vécu en aristocrate comblé. Il était très fier de lui-même et même un peu égoïste, comme le sont quelquefois, par la faute de leur isolement, les gentlemen campagnards. Il n'était resté lui-même qu'en ne devenant pas un chien d'intérieur trop bichonné. La chasse et les autres plaisirs du grand air, en durcissant ses muscles, l'avaient protégé de l'empâtement. L'eau froide, comme chez toutes les races aimant se baigner, était pour lui un stimulant, un bon moyen de garder intacte sa santé.

Tel se présentait Buck en cet automne de 1897, au moment où l'or du Klondike attirait vers les glaces du Grand Nord des hommes originaires de toutes les parties du monde. Mais Buck ne lisait pas les journaux, et il ignorait que Manuel, l'un des aides-jardiniers, était un individu peu recommandable. Manuel avait une passion : la loterie chinoise. Et une faiblesse : l'aveugle confiance en un système. Il courait donc droit à sa perte. Car jouer selon un système exigeait de l'argent, alors que ses gages suffisaient à peine à faire vivre sa femme et ses nombreux enfants.

Le soir mémorable où Manuel commit sa trahison, le juge assistait à une réunion de l'Association des Producteurs de Raisins Secs. Ses fils étaient occupés à organiser un club d'athlétisme. Personne ne vit Manuel et Buck traverser le verger. Pour Buck, il ne s'agissait que d'une promenade. Un seul homme les vit arriver à la petite gare appelée College Park, simple halte facultative. Il échangea avec Manuel quelques mots, et il y eut un cliquetis de pièces de monnaie.

« On attache la marchandise avant de la livrer », fit observer l'homme d'un ton bourru.

Manuel plia en deux une corde solide et la passa autour du cou de Buck, sous son collier.

« Il suffira que vous la tordiez comme ça, expliqua-t-il. Ça lui coupera le souffle. »

L'homme approuva d'un grognement.

Buck avait accepté la corde avec sa dignité habituelle. Bien sûr, c'était pour lui quelque chose de nouveau. Mais il faisait confiance aux êtres humains. Il leur attribuait une sagesse bien supérieure à la sienne. Cependant, lorsque les extrémités de la corde furent dans les mains de l'homme, il fit entendre un grondement. Il exprimait ainsi son mécontentement. Dans son orgueil, il croyait que, de sa part, un simple grondement valait un ordre. Quand la corde se serra et l'empêcha de respirer, il fut d'abord surpris, puis il se lança sur l'homme dans un accès de rage. L'homme l'arrêta en plein élan, l'empoigna près de la gorge et, par une habile torsion de la corde, le précipita au sol, sur le dos. Et, impitoyablement, la corde continua de se serrer. Buck se débattait avec furie. Sa langue pendait. Sa large poitrine haletait, cherchait en vain un peu d'air. Jamais on ne l'avait traité de façon aussi abominable. Jamais il n'avait éprouvé semblable colère. Mais, bientôt, ses forces l'abandonnèrent, ses yeux se voilèrent. Il ne vit pas le train s'arrêter. Il ne s'aperçut pas qu'on le jetait dans un wagon de marchandises.

Lorsqu'il revint à lui, il se rendit compte vaguement que sa langue lui faisait mal, et il se sentit secoué. A un croisement, la locomotive jeta un cri rauque. Buck comprit alors dans quel genre de véhicule il se trouvait. Ayant souvent voyagé en compagnie du juge, il savait de longue date ce qu'on éprouve dans un wagon. Il ouvrit les yeux. La colère d'un roi enchaîné fit flamber ses prunelles. L'homme bondit, voulut le saisir à la gorge. Buck fut plus prompt. Il lui planta ses crocs dans la main, et il ne lâcha prise que lorsque de nouveau, il suffoqua.

« Il a comme ça des crises nerveuses », expliqua l'homme en cachant sa main blessée à l'employé que le bruit de la courte lutte avait attiré. « Je l'emmène à San Francisco. Il y a là-bas, paraît-il, un vétérinaire de première qui croit pouvoir le guérir. »

Un peu plus tard, à San Francisco, dans une cabane située derrière un cabaret du bord de mer, l'homme plaida sa propre cause avec éloquence devant le cabaretier :

« Dans cette affaire, qu'est-ce que je vais gagner ? Cinquante dollars. Mais, même pour mille, payés comptant, je recommencerais pas ! »

Un mouchoir, taché de rouge, était entortillé autour de sa main. La jambe droite de son pantalon était déchirée du genou à la cheville.

« Et l'autre, qu'est-ce qu'il touche dans le coup ? demanda le cabaretier.

— Cent dollars. C'était à prendre ou à laisser. Qu'est-ce que je pouvais faire ?

— Total, cent cinquante, calcula le cabaretier. Il vaut bien ça. Ou j'y connais rien. »

L'homme déroula le mouchoir et examina sa main :

« Si j'attrape pas la rage... »

Le cabaretier éclata de rire :

« C'est que tu es fait pour mourir pendu ! Maintenant, aide-moi. »

Buck, à demi suffoqué, la gorge et la langue intolérablement douloureuses, essaya de résister à ses bourreaux. Mais ceux-ci le précipitèrent plusieurs fois sur le sol, donnèrent cinq ou six tours supplémentaires à la corde qui l'étouffait. Ils limèrent son lourd collier de cuivre et le lui enlevèrent. Puis, après l'avoir débarrassé de la corde, ils le poussèrent dans une caisse à claire-voie semblable à une cage.

Ce fut dans cette caisse que Buck passa le reste de la nuit à exciter sa colère et son orgueil meurtri. Il ne comprenait rien à tout cela. Que voulaient ces gens qu'il ne connaissait pas, qu'il n'avait jamais vus ? Il sentait un malheur planer sur lui. Plusieurs fois, il se dressa. On secouait la porte, comme si on cherchait à l'ouvrir. Il espérait voir apparaître le juge Miller ou, au moins, ses fils. Mais ce n'était que le cabaretier qui le scrutait à la lueur d'une chandelle. Et, chaque fois, Buck refoulait l'aboiement joyeux qui vibrait déjà au fond de sa gorge et le remplaçait par un grondement.

A la fin, le cabaretier le laissa tranquille. Mais, au matin, quatre inconnus entrèrent et soulevèrent la cage. Quatre nouveaux bourreaux. Ils avaient tous l'air méchant. Ils étaient sales, vêtus de haillons. Buck, les crocs nus, les menaça à travers les barreaux. Ils répliquèrent par une explosion de rires. Ils le piquèrent avec des morceaux de bois. Buck y plantait ses crocs, les brisait. Jusqu'au moment où il comprit qu'il faisait le jeu de l'ennemi. Il se recoucha, maussade, et ne bougea plus, tandis qu'on emportait la cage et qu'on la déposait dans un wagon.

A partir de ce moment, toujours dans la cage, il passa de main en main. Il fut pris en charge par les employés du chemin de fer. On le transporta en charrette jusqu'à un autre chargement de boîtes et de paquets de toutes grosseurs, jusqu'à un bac à vapeur et, de ce bac, à une immense gare de triage. Enfin, on le plaça dans l'express.

Deux jours et deux nuits, il fut entraîné par des locomotives hurlantes. Pendant ce laps de temps, il ne but ni ne mangea. En proie à la même colère, il accueillit par des grondements les avances des employés. Ceux-ci répliquèrent par des taquineries. Quand il se jetait contre les barreaux, frémissant, la gueule écumante, les employés riaient et l'excitaient de plus belle. Ils grognaient, aboyaient, imitaient les chiens hargneux. Ils miaulaient, agitaient les bras comme des ailes, poussaient des cocoricos. Le procédé était stupide. Mais Buck l'éprouvait comme une nouvelle atteinte à sa dignité, et sa colère redoublait. Ce n'était pas la faim qui le faisait le plus souffrir. C'était la soif. Elle lui donnait une fièvre intense, entretenue par les mauvais traitements et par l'inflammation de sa langue et de sa gorge.

Cependant, d'une certaine façon, son sort s'était amélioré : on l'avait débarrassé de la corde. Maintenant, il allait montrer ce dont il était capable ! On ne lui passerait plus jamais une corde autour du cou. Pendant ces deux jours et ces deux nuits de souffrances, il avait amassé une réserve de fureur qui pouvait être fatale à quiconque oserait encore le frapper. Ses yeux étaient injectés de sang. Une rage monstrueuse bouillonnait en lui. Il avait tellement changé que le juge lui-même ne l'aurait pas reconnu. Les employés de l'express furent bien soulagés quand, à Seattle, on le débarqua pour le charger dans un camion.

Ce camion roula sur une assez courte distance, puis s'arrêta dans une petite cour entourée de murs. Quatre camionneurs soulevèrent la cage et la déposèrent sur le sol. Un homme robuste, vêtu d'un sweater rouge, s'approcha et signa le registre que lui tendait le chauffeur. Buck devina que cet homme était son nouveau tortionnaire, et il se rua contre les barreaux. L'homme au sweater rouge eut un sourire sinistre. Il s'éloigna et revint, portant une hachette et un bâton.

« Vous n'allez tout de même pas le faire sortir déjà ? dit le chauffeur.

— Si », répliqua l'homme au sweater rouge.

Il planta la hachette dans un interstice du bois, pour l'utiliser comme un levier.

Les quatre camionneurs n'attendirent pas leur reste. Ils escaladèrent un mur, s'y installèrent et se préparèrent à assister au spectacle.

Chaque fois que le bois craquait, Buck le saisissait dans ses crocs, le secouait de toute sa force. Il bondissait vers chaque endroit où la hachette accomplissait son ouvrage. Il aboyait, grognait. Il avait hâte de sortir de sa prison. L'homme, lui, restait calme.

« Maintenant, monstre aux yeux sanglants, tu peux y aller », dit-il lorsqu'il eut pratiqué dans la caisse une ouverture suffisante.

En même temps, il lâchait la hachette et faisait passer le bâton de sa main gauche à la droite.

Monstre aux yeux sanglants! La comparaison était juste. Buck se ramassa sur lui-même, le pelage hérissé, la gueule blanche d'écume, un éclair de folie dans les prunelles, et, droit sur l'homme, il lança ses soixante-dix kilos auxquels s'ajoutait une rage qui n'avait cessé de grandir depuis deux jours et deux nuits. Mais, à l'instant où ses mâchoires allaient atteindre l'ennemi, il reçut un coup qui l'arrêta net, et ses crocs claquèrent dans le vide. Il tourbillonna, tomba sur le dos, puis sur le flanc. Comme on ne l'avait jamais frappé avec un bâton, il ne comprenait pas. La douleur lui arracha un cri déchirant. Il se dressa, repartit à l'attaque. Un deuxième coup l'atteignit et le précipita de nouveau au sol. Cette fois, il se rendit compte que l'homme utilisait un bâton. Mais la fureur lui enlevait toute prudence. A dix reprises au moins, il chargea. Chaque fois, le bâton brisa son élan et l'envoya rouler au loin.

Après un coup particulièrement sévère, il rampa un moment, incapable de renouveler ses attaques. Il clopina à droite et à gauche. Sa truffe, ses oreilles et sa gueule étaient ensanglantées. Des traînées rougeâtres souillaient son pelage. Alors, l'homme s'avança et, froidement, lui assena un coup terrible sur le museau. La souffrance dépassa tout ce que Buck avait éprouvé jusque-là. Elle lui arracha un rugissement presque semblable à celui d'un lion, et il bondit sur l'homme. Mais celui-ci fit passer le bâton dans sa main gauche et le planta sous la mâchoire de Buck, puis le tourna et le retourna dans la chair. Buck décrivit en l'air un cercle complet, ensuite un demi-cercle, avant de s'abattre sur la tête et la poitrine.

Pourtant, il lança une ultime attaque... L'homme l'avait prévue. Il décocha à sa victime un coup qui ne pardonnait pas. Buck retomba comme une masse et ne bougea plus, assommé.

L'un des camionneurs perchés sur le mur cria avec enthousiasme :

« Voilà un gars qui s'y connaît à dresser les chiens !

— Y en a d'autres qui dressent les canassons sauvages tous les jours, même le dimanche, et c'est encore plus difficile », dit le chauffeur.

Et il remonta dans le camion.

Buck revint à lui. Mais il restait sans force. Il demeura immobile à l'endroit où il était tombé. Il observait attentivement l'homme au sweater rouge.

Celui-ci parlait tout seul.

« Il répond au nom de Buck », murmurait-il en

citant une phrase de la lettre par laquelle le cabaretier de San Francisco lui avait annoncé l'arrivée de la
cage et de son contenu.

Puis, se tournant vers Buck et d'un ton cordial :

« Eh bien, mon vieux Buck, on a eu notre petite
explication, nous deux. Le mieux à faire, c'est d'en
rester là. Maintenant, tu connais ta place. Moi, je
connais la mienne. Sois un bon chien, et tout ira bien
entre nous. Mais, si tu fais encore le méchant, j'te
liquide une fois pour toutes. Compris ? »

Tout en parlant, il caressait sans la moindre crainte
la tête sur laquelle il venait de frapper à coups
redoublés, impitoyablement. Loin de se rebiffer,
Buck supportait le contact de cette main. Mais il ne
pouvait empêcher ses poils de se hérisser. Quand
l'homme lui apporta de l'eau, il but avec avidité.
Ensuite, il fit un copieux repas de viande crue que
l'homme lui tendit morceau par morceau.

Il se savait battu. Mais il n'était pas dompté. Il avait
reçu une leçon sévère. Une fois pour toutes, il avait
appris que, contre un bâton, il ne pouvait rien. Cette
arme était pour lui une révélation, une première
initiation à un monde nouveau où régnait la loi
primitive. La vie lui apparaissait soudain sous un
aspect féroce. Il ne pourrait l'affronter que par un
seul moyen : la ruse qui s'éveillait déjà en lui.

Des jours passèrent. Il y eut d'autres chiens dans la
cour. Certains arrivaient dans des caisses à claire-
voie, quelques-uns attachés à des cordes. Plusieurs
étaient dociles. Mais la plupart se montraient aussi
agressifs que Buck lui-même peu de temps aupara-

vant. Il les vit résister à la domination de l'homme au sweater rouge, puis céder. A chaque « explication », il se persuadait un peu plus qu'un être humain armé d'un bâton est un maître auquel il faut se résigner à obéir, sans pour autant ramper à ses pieds. Il ne commit jamais cette bassesse. Pourtant, il voyait fréquemment des chiens domptés se coucher en agitant la queue devant leur bourreau, et lui lécher la main. Un seul fut tué, pour avoir résisté trop longtemps.

Parfois, des hommes surgissaient, des étrangers qui parlaient avec déférence au maître, mais dans des patois incompréhensibles. Ils lui remettaient de l'argent, puis ils partaient, emmenant un ou deux chiens. Ces chiens, où allaient-ils ? Buck s'étonnait de ne pas les voir reparaître. La crainte de l'avenir le tenaillait. Chaque fois qu'il y avait un départ, il était heureux de ne pas avoir été choisi.

Enfin, le sort le désigna, sous l'aspect d'un petit bonhomme ratatiné qui s'exprimait dans un anglais boiteux et poussait des exclamations bizarres. Tout de suite, il posa sur Buck un regard admiratif :

« Nom d'une pipe de nom d'une pipe, la belle bête ! Combien ? »

La réponse du maître ne se fit pas attendre :

« Pour toi, Perrault, ce sera trois cents dollars. Un cadeau, autant dire. Et puis, c'est l'argent du gouvernement canadien. Tu ne risques pas qu'on te fasse des reproches. »

Perrault ricana. Au fond, pour une bête aussi magnifique, ce n'était pas tellement cher, d'autant plus que les chiens commençaient à se faire rares et que leur prix grimpait sans cesse. Le gouvernement canadien ne perdrait rien dans cette affaire et les dépêches n'en seraient distribuées que plus vite. Perrault connaissait les chiens. Tout de suite, il s'était rendu compte que celui-là était exceptionnel.

« Oui, exceptionnel... » se répétait-il.

Buck vit des pièces de monnaie passer de la main de Perrault à celle du maître. Il ne fut pas surpris lorsque le petit homme ratatiné l'emmena en compagnie de Curly, une chienne terre-neuve dont il appréciait l'humeur pacifique. C'est ainsi qu'il se sépara pour toujours du sweater rouge. Sur le pont du vapeur *Narval,* il regarda avec Curly s'éloigner la ville de Seattle. Il ne se doutait pas qu'il quittait à jamais les pays de climat tempéré. Perrault fit descendre les deux chiens dans l'entrepont et les confia à un géant au visage noir nommé François. Perrault était un Canadien français au teint basané. Mais François, Canadien français, né d'une mère indienne, avait la peau encore plus sombre. Pour Buck, ils appartenaient à une race nouvelle. Comment aurait-il imaginé que cette race allait lui devenir bientôt familière ? Il ne tarda pas à apprendre que Perrault et François étaient calmes, sans préférences, impartiaux dans leur façon de rendre la justice et trop avisés pour se laisser duper par des chiens.

Curly et Buck ne furent pas seuls dans l'entrepont du *Narval.* L'un de leurs deux compagnons était un gros spitzberg blanc. Celui-ci avait voyagé à bord d'un baleinier, puis accompagné une expédition géologique dans des régions désertiques. Il se servait de son amabilité naturelle pour accomplir quelques petites perfidies. Par exemple, quand il vous regardait avec douceur, vous pouviez être certain qu'il méditait un mauvais coup. De la sorte, il parvint à voler la première pâtée que Buck reçut à bord. Au moment où Buck bondissait sur lui, avec la ferme intention de le châtier, un fouet claqua, atteignit le coupable et priva Buck de sa vengeance. Il ne lui resta plus qu'à engloutir les miettes que le spitzberg n'avait pas eu le temps de manger. Mais François commença de monter dans son estime. Quelle décision dans l'art d'appliquer la justice!

L'autre chien ne fit pas d'avances et n'en reçut de personne. Distant, d'humeur morose, il désirait qu'on le laissât tranquille. Il le fit clairement comprendre à Curly, et aussi que les choses se gâteraient si on osait troubler sa tranquillité. Il s'appelait Dave. Il se contentait de manger et de dormir. Entre-temps, il bâillait. Il ne s'intéressait à rien. Il ne broncha même pas lorsque le *Narval*, en franchissant le détroit de la Reine-Charlotte, tangua et roula comme un simple bouchon. Quand Buck et Curly donnèrent des signes de terreur, il se contenta de lever la tête, leur jeta un coup d'œil indifférent, bâilla et se rendormit.

Vingt-quatre heures sur vingt-quatre, le *Narval* poursuivait sa route, poussé par son infatigable hélice. Bien que les jours fussent tous semblables, Buck sentit que le temps devenait de plus en plus froid. Enfin, un matin, l'hélice s'arrêta. A bord du *Narval,* il y eut un bruit de pas, des éclats de voix.

Tous les chiens tendirent l'oreille. Ils comprenaient qu'un changement allait se produire. François les attacha et les conduisit sur le pont. Dès ses premiers pas, Buck s'enfonça dans une sorte de mousse blanche et froide qui avait la consistance de la boue. Il bondit en arrière avec un grognement. Il remarqua que des parcelles de cette mousse blanche tombaient du ciel. Il se secoua. Mais elle s'accrochait obstinément à son pelage. Il la flaira, la lécha. Un instant, elle brûlait puis... plus rien. Il était intrigué. Il renouvela l'expérience et obtint le même résultat. Des badauds l'observaient. Ils rirent de bon cœur. Buck eut honte, sans savoir pour quelle raison... puisqu'il voyait la neige pour la première fois.

2

LA LOI DES CROCS ET DU GOURDIN

Le premier jour sur la grève de Dyea fut un cauche-mar. Chaque heure était pleine de surprises et d'émotions. Buck avait été arraché à la civilisation et précipité au cœur de la vie primitive. Ici, plus de flâneries au soleil, mais seulement l'ennui et la paresse. Pas de tranquillité, pas de repos, pas un moment de sécurité. Confusion sur toute la ligne, agitation incessante. Le péril était permanent. Il fallait se tenir constamment en alerte car, en majorité, les hommes et les chiens présents sur la grève n'avaient jamais vécu dans une ville. Presque tous des brutes. Ils ne connaissaient d'autre loi que celle des crocs et du gourdin.

Buck n'avait jamais vu des chiens combattre comme ces animaux si semblables à des loups. Le premier combat auquel il assista fut pour lui une leçon inoubliable. Il ne jouait aucun rôle dans cette affaire. Sinon, il n'y aurait pas survécu. Il avait si peu d'expérience! La victime fut Curly. Le campement avait été établi près d'un dépôt de bois. La chienne terre-neuve, simple et spontanée comme toujours, fit des avances à un chien esquimau, maigre au pelage noir, qui avait la taille d'un loup adulte, mais qui était encore bien moins gros qu'elle. Il n'y eut pas d'avertissement. Un bond rapide comme l'éclair, un claquement de mâchoires, et Curly eut la tête déchirée de l'œil au museau.

Ce chien esquimau combattait à la façon des loups. Il frappait, reculait. Cependant, ce ne fut pas tout. Une quarantaine de ses semblables accoururent et, silencieux, attentifs, formèrent le cercle autour des combattants. Buck s'étonnait de cette curiosité, de ce silence. Pourquoi aussi se léchaient-ils les babines? Curly se rua sur son adversaire. Celui-ci frappa de nouveau, fit un bond de côté et repassa à l'attaque. Cette fois, il heurta Curly de l'épaule en employant un procédé si singulier qu'elle tomba comme une masse et ne se releva plus. C'était ce qu'attendaient les esquimaux. Ils s'abattirent sur elle, avec des grognements et des jappements de plaisir. Elle criait de terreur et de souffrance. Mais, bientôt, elle disparut sous cette formidable masse de pelages hérissés.

Tout cela avait été si rapide, si inattendu, que Buck en restait cloué sur place par la stupeur. Il vit, à quelques mètres, le spitzberg qui tirait une langue rouge, avec cette sorte de ricanement qui lui était habituel. Puis François surgit, brandissant une hache. Il se jeta dans la masse des esquimaux. Trois hommes le rejoignirent et l'aidèrent à les disperser. Ils étaient armés de gourdins. La scène ne dura pas deux minutes. Quand le dernier des assaillants eut été chassé, Curly reparut allongée sur la neige piétinée et ensanglantée. On lui avait déjà arraché de grands lambeaux de chair. François, penché sur elle, jurait d'une voix sourde. Longtemps, dans son sommeil, Buck fut tourmenté par cette scène. C'était ainsi que les choses se passaient! Pas de justice, et la mort pour le premier qui tombait. Il veillerait à ce que pareille mésaventure ne lui arrivât jamais. Le spitzberg continuait à tirer sa langue rouge et à ricaner. A partir de ce moment, Buck lui voua une haine mortelle.

Il reçut un autre choc, avant même d'avoir oublié la fin tragique de Curly. François l'enferma dans des courroies munies de boucles. C'était un harnais presque semblable à ceux que les palefreniers posaient sur le dos des chevaux, à la Maison du juge. Ensuite, les chevaux travaillaient. De la même façon, Buck dut traîner François jusqu'à la forêt qui bordait la vallée. Ensuite, il revint au camp avec un chargement de bois pour le chauffage. Un animal de trait, voilà ce qu'il était devenu! Il en souffrit dans sa dignité. Il aurait pu se révolter, mais n'en fit rien. Il préférait user de prudence. Il montra même de la bonne volonté, bien que tout cela lui parût si bizarre!

François était sévère. Il exigeait une obéissance immédiate. Et il l'obtenait par le seul moyen de son fouet. Buck devait aussi obéir à Dave. Celui-ci avait déjà sans doute une longue expérience de chien de traîneau. Quand Buck commettait une erreur, il lui mordillait la croupe. Enfin, il y avait le spitzberg, qu'on appelait Spitz et qui était le chien de tête. Rompu de longue date à cet emploi, il lui aurait été néanmoins difficile, par sa place même dans l'atte-lage, de mordiller Buck. Il se contentait, lorsqu'il était mécontent de lui, de grogner ou de peser de tout son poids sur les traits, soit à droite, soit à gauche, pour le contraindre à prendre l'une ou l'autre direction. Buck n'était pas obtus. Grâce aux efforts combinés de ses deux congénères et de François, il fit des progrès rapides. Avant le premier retour au camp, il savait ce que signifient « halte » et « en avant ». Il prenait les tournants au plus large et, dans une pente, il se plaçait sur le côté pour retenir le traîneau.

« Trois bons chiens, dit François à Perrault. Ce Buck surtout! Il tire comme tous les diables. Et il apprend vite! »

Dans l'après-midi, Perrault, qui avait hâte de prendre la piste et de porter ses dépêches, revint avec deux nouveaux chiens, Billy et Joe, esquimaux de pure race. Bien qu'ils fussent frères, au moins par la mère, ils étaient comme le jour et la nuit. Billy n'était que douceur. Joe se montrait revêche, ren-fermé, la babine toujours retroussée, l'œil méchant. Buck les accueillit avec empressement. Dave leur tourna le dos. Spitz les attaqua l'un après l'autre. Billy eut un battement de queue conciliant. Quand il vit que la méthode ne servait à rien, il voulut fuir. Mais il ne cria, d'ailleurs sans forcer la voix (toujours pour ne pas aggraver les choses), que lorsque les crocs aigus de Spitz lui éraflèrent le flanc. Puis Spitz se mit à tourner autour de Joe. Celui-ci, éventant le piège, parvint à se placer devant lui, presque truffe contre truffe, et, pas à pas, il décrivit un cercle à reculons. Pelage hérissé, oreilles couchées, prunelles flamboyantes, il tordait ses babines en grognant et faisait claquer ses mâchoires à un rythme régulier. Il était l'image même de la peur agressive! Il avait un aspect si terrible que Spitz dut renoncer à le dominer. Pour compenser son échec, il se jeta sur l'inoffensif et gémissant Billy, et il le poursuivit jusqu'aux extrémités du camp.

Dans la soirée, Perrault se procura un troisième chien, un vieil esquimau long et décharné. Le nouveau venu s'appelait Sollek, qui signifie Coléreux. Il avait la tête sillonnée de cicatrices provenant des blessures reçues dans de nombreuses batailles. Son œil unique, étincelant, inspirait le respect. Comme Dave, Sollek ne demandait rien, ne donnait rien, ne comptait sur rien. Quand il marchait parmi les autres, d'un pas lent, tranquille, Spitz lui-même ne se serait pas risqué à l'importuner. Il avait une particularité, ce que Buck apprit à ses dépens. Il détestait qu'on l'abordât par le côté où il était borgne. Buck commit involontairement cette erreur. Quand il s'en aperçut, Sollek était déjà sur lui et lui déchirait l'épaule de haut en bas, jusqu'à l'os. Par la suite, Buck se montra très prudent et, jusqu'à la fin, ils s'entendirent aussi bien que possible. Comme Dave, Sollek souhaitait par-dessus tout qu'on le laissât à son isolement. Mais il avait aussi, comme tous les autres chiens, une ambition plus profonde. Buck en fit plus tard la découverte.

Cette nuit-là, il dut résoudre le grave problème du sommeil. La tente de François et Perrault, éclairée par une chandelle, répandait une lueur attirante au milieu de la plaine blanche. Il lui parut naturel d'y pénétrer. Mais les deux hommes l'accueillirent par des jurons et le bombardèrent d'ustensiles de cuisine. Un instant, il resta étonné, la queue entre les pattes, puis il regagna le froid de l'extérieur. Un vent glacé soufflait qui le mordait et surtout avivait sa blessure à l'épaule encore toute fraîche. Il s'allongea sur la neige. Cependant, tenaillé par le gel, il ne put dormir et dut, frissonnant, se redresser. Triste jusqu'à la mort, il erra d'une tente à l'autre. Il essaya de s'abriter au pied de l'une d'elles. Mais il constata que le froid était partout aussi intense. A plusieurs reprises, des chiens se lancèrent sauvagement sur lui. Il s'arrêtait, hérissait sa collerette de poils et grognait, menaçant. Il savait maintenant comment on impressionne l'adversaire. Personne ne l'attaqua, et il put repartir à l'aventure.

Tout à coup, il se souvint de ses compagnons de traîneau. Qu'étaient-ils devenus? Avaient-ils trouvé un refuge? Il fit demi-tour, revint sur ses pas. Ses compagnons avaient disparu! Il se mit à leur recherche, parcourut le camp en tous sens. S'abritaient-ils sous une tente? Non, car s'ils avaient osé en franchir le seuil, on les aurait sûrement chassés.

Alors, où se cachaient-ils? La queue basse, le corps parcouru de frissons, Buck, sans but précis dorénavant, contourna au hasard l'une des tentes. Soudain, la neige céda sous son poids. Il s'enfonça... et sentit quelque chose qui remuait. Il sauta en arrière, le poil tout de suite hérissé, la gueule grondante. Rien ne l'effrayait plus que l'inconnu et l'invisible. Mais, rassuré par un petit jappement, il revint au-dessus du trou, le flaira. Une bouffée d'air tiède monta jusqu'à ses narines, et il distingua Billy roulé en boule. Pour le convaincre de ses bonnes intentions, il se mit à gémir en dansant sur place et en se tortillant. Il alla même jusqu'à lécher le museau de Billy, ce qui, pour lui, représentait un gage de paix.

Ce fut une nouvelle leçon, car Billy ne lui accorda pas la moindre place. Alors, il chercha un autre endroit. Il se donna beaucoup de mal pour creuser un trou. Lorsqu'il y fut parvenu, il descendit dans le logement étroit que son corps emplissait entièrement, et il s'endormit. La journée avait été longue et dure. Il se plongea dans un sommeil profond, parfois coupé de cauchemars. Alors, il se débattait et poussait des aboiements assourdis par la neige.

La rumeur du camp le réveilla. Au premier moment, il se demanda où il était. La neige, retombée au cours de la nuit, l'avait entièrement recouvert. Elle l'emprisonnait de tous côtés. Il eut peur d'être enfermé dans un piège. C'était comme un souvenir hérité de ses lointains ancêtres sauvages, et qui remontait tout à coup. Chien presque trop civilisé, il ignorait tout des pièges. Comment aurait-il pu, de lui-même, les redouter? Il banda les muscles de son corps et il accomplit d'instinct plusieurs efforts spasmodiques. Puis, avec un grondement et en faisant voler la neige autour de lui, il parvint à émerger dans la lumière aveuglante du jour. Avant même d'être retombé sur ses pattes, il vit devant lui la blanche étendue du camp. Il comprit où il était, et sa mémoire lui représenta la chaîne des événements qui s'étaient produits depuis sa promenade avec Manuel jusqu'à la pénible aventure qui l'avait conduit à se creuser un trou pour la nuit.

En l'apercevant, François cria à Perrault :

« Qu'est-ce que je disais? Il apprend vite. Il est formidable! »

Perrault approuva d'un hochement de tête, avec gravité. Messager officiel du gouvernement canadien, chargé de transmettre des dépêches importantes, il lui fallait les meilleurs chiens. Il ne pouvait donc que se féliciter d'avoir Buck à sa disposition.

En moins d'une heure, trois autres esquimaux furent ajoutés à l'attelage. Cela portait à neuf le nombre des chiens. Un quart d'heure plus tard, ils étaient harnachés et s'élançaient sur la piste conduisant au ravin de Dyea. Buck était heureux de quitter le camp. Et le travail, bien que difficile, ne lui déplaisait pas trop. Il fut surpris de l'ardeur qui animait l'équipage tout entier, et dont il sentit la contagion. Plus étonnant encore lui parut le changement qui s'était opéré en Dave et en Sollek. Ces deux-là étaient méconnaissables, comme si le harnais les avait transformés. En eux, plus de mollesse, plus d'indifférence. Ils étaient alertes, actifs, acharnés à l'accomplissement de leur tâche. Quand une faute était commise, quand quelque chose clochait, ils se montraient hargneux jusqu'à la férocité. On aurait dit qu'ils se confondaient avec les traits, dont la tension semblait leur suprême raison d'être et tout leur plaisir. Dave était le plus près du traîneau. Buck se trouvait devant lui, et Sollek devant Buck. Le reste de l'attelage s'échelonnait sur une seule ligne jusqu'à Spitz, chien de tête.

Buck avait été placé entre Dave et Sollek pour son initiation. Certes, il avait déjà montré des qualités, mais Dave et Sollek pouvaient encore lui être utiles. En particulier, ils ne le laissaient jamais s'enfoncer dans l'erreur et ils possédaient l'art d'imposer leur enseignement à coups de crocs. Dave était habile et juste. Il ne mordait jamais Buck sans raison. Cependant, il ne le manquait pas lorsqu'il le jugeait nécessaire. Un coup de fouet appliqué par François persuada Buck de se montrer prudent, de s'améliorer plutôt que de se rebeller. Une fois, après une brève halte, il s'empêtra dans les traits et retarda le démarrage. Dave et Sollek tombèrent ensemble sur lui et lui administrèrent une correction. Résultat : les traits s'emmêlèrent un peu plus. Mais Buck prit soin par la suite de ne pas renouveler cette faute. De sorte que, vers la fin de la journée, il jouait si bien son rôle que ses compagnons cessèrent de le harceler et que le fouet de François claqua moins souvent. Perrault lui fit même l'honneur de soulever ses pattes l'une après l'autre et de les examiner avec beaucoup d'attention.

Au cours de cette journée, il avait fallu grimper jusqu'au ravin de Dyea, traverser Sheep Camp, une forêt, un plateau, des glaciers, des congères hautes de trente mètres, puis franchir le Chilcoot Divide qui sépare l'eau salée de l'eau douce et monte une garde inflexible sur le triste désert du Grand Nord. Le traîneau avait longé le chapelet de lacs des volcans éteints. Tard dans la soirée, il s'arrêta à l'extrémité du lac Bennett. Là, il y avait un énorme camp où des milliers de chercheurs d'or construisaient des bateaux, afin d'être prêts lorsque commencerait, avec le printemps, la fonte des glaces. Buck fit son trou dans la neige et s'endormit du sommeil de l'extrême fatigue. Et on le réveilla trop tôt à son gré pour l'atteler avec ses compagnons dans la froide obscurité du petit matin.

Ce jour-là, empruntant une piste durcie, on parcourut soixante-cinq kilomètres. Mais le lendemain et les jours suivants, les chiens durent frayer leur propre piste. Leur tâche fut plus pénible encore qu'auparavant et ils parcoururent des distances moins longues. La plupart du temps, Perrault marchait devant l'attelage et, de son mieux, il lui facilitait la tâche en tassant la neige avec les raquettes qu'il avait chaussées. François se tenait derrière le traîneau, pour le guider. Parfois, mais assez rarement, il changeait de place avec Perrault. Celui-ci ne voulait plus perdre une minute. En outre, il avait la prétention de bien connaître le sol. Prétention d'ailleurs justifiée, car il savait repérer les endroits où, sous la neige, la glace, cachant de l'eau courante, était trop mince, et ceux où il n'y avait pas de glace du tout.

Jour après jour, semaine après semaine, Buck peina dans les traits. On ne s'arrêtait jamais qu'à la nuit tombée, et l'on repartait au premier rayon grisâtre de l'aube, laissant derrière soi un immense ruban de kilomètres. A chaque étape, les chiens mangeaient dans le noir un simple morceau de poisson, puis s'enfouissaient sous la neige. Buck était affamé. Après avoir englouti sa ration quotidienne (une livre et demie de saumon séché), il avait l'impression d'avoir encore l'estomac vide. Il n'en avait jamais assez et souffrait sans cesse des affres de la faim. Tandis que les autres chiens, plus maigres que lui et habitués à ce genre d'existence, ne recevaient qu'une livre de poisson et trouvaient le moyen de rester en forme !

Jadis, dans le monde civilisé, il avait des délicatesses, des habitudes un peu précieuses. Très vite, il perdit tout cela. Par exemple, il s'aperçut qu'il mangeait trop lentement et que ses compagnons en profitaient pour lui voler le reste de sa ration. Il voulut la défendre. Ce fut en pure perte. Tandis qu'il repoussait deux ou trois assaillants, les autres faisaient place nette. Pour mettre fin à cet abus, Buck mangea aussi vite que ses compagnons. Et poussé par la faim, il ne jugea pas indigne de lui-même de chiper ce qui ne lui appartenait pas. Il observait et s'instruisait. Ayant remarqué que l'un des nouveaux chiens, le rusé Pike, profitait de ce que Perrault avait le dos tourné pour dérober une tranche de lard salé, il l'imita. Mais il ne se contenta pas d'une tranche. Il emporta tout le morceau. Dans le camp, ce fut un beau tapage. Cependant, Buck ne fut même pas soupçonné. La punition s'abattit sur un innocent nommé Dub, un maladroit qui ne manquait jamais de se laisser prendre.

Ce premier vol prouva que Buck était apte à survivre dans l'atmosphère hostile du Grand Nord et qu'il pouvait s'adapter à toutes les situations. Les animaux qui ne possédaient pas cette qualité étaient voués à une mort rapide. Enfin, ce vol montrait que son éducation, sa nature « morale », s'en allait déjà en lambeaux. Au reste, elle ne pouvait être que superflue dans cette lutte impitoyable pour la vie. Elle convenait aux pays du Sud, aux pays du soleil, là où règnent l'amour, l'amitié, le respect de la propriété et les sentiments personnels. Mais dans le Grand Nord, sous l'empire de la loi des crocs et du gourdin, il eût été stupide et néfaste de les pratiquer.

Bien sûr, Buck ne se tenait pas un tel raisonnement. Il lui suffisait d'être d'ores et déjà adapté à sa nouvelle existence. Naguère, il ne refusait jamais de se battre. Mais le bâton de l'homme au sweater rouge lui avait enseigné un code plus simple. Lorsqu'il était encore civilisé, il aurait donné sa vie pour défendre certaines choses... y compris la cravache du juge Miller! Aujourd'hui, ayant oublié la civilisation, il n'avait qu'un souci : sauver sa peau. Il n'obéissait qu'à la loi des crocs et du gourdin. Il ne volait pas au grand jour, mais en secret, par ruse. Et, s'il avait choisi cette méthode oblique, c'était parce qu'elle était la plus facile et d'ailleurs la seule possible.

Ses progrès (ou son recul?) furent rapides. Il acquit des muscles d'acier et devint insensible à toute forme de douleur. Il se donna, tant intérieurement qu'extérieurement, une organisation spéciale. Il pouvait manger n'importe quoi, même des choses répugnantes. Ses sucs gastriques extrayaient les moindres particules de sa nourriture, les envoyaient aux extrémités de son corps et le pourvoyaient de tissus exceptionnellement résistants. Sa vue et son odorat augmentèrent. Bientôt, l'acuité de son ouïe fut telle que, dans son sommeil, il percevait le bruit le plus léger et savait tout de suite si ce bruit annonçait ou non un péril. Il apprit à arracher avec ses crocs la glace accumulée entre ses doigts. Quand il avait soif, il cherchait l'eau. Si elle était recouverte de glace, il la cassait à l'aide de ses pattes antérieures raidies. Il prévoyait la direction du vent longtemps avant de creuser son trou pour la nuit. Ainsi, il se trouvait toujours bien abrité et dormait d'un sommeil tranquille.

L'expérience n'était pas sa seule source d'enseignement. Son instinct assoupi se réveillait. S'il avait su s'analyser, il aurait compris que l'héritage de ses ancêtres domestiqués se détachait de lui. Heureusement, il reprenait peu à peu conscience des origines de son espèce, à l'époque si lointaine où les bandes de chiens sauvages sillonnaient la forêt primitive et se nourrissaient des proies qu'ils rencontraient sur leur route. Il n'eut aucune peine à apprendre à combattre à la façon des loups, en utilisant ses crocs, en se ruant sur l'adversaire et en se dérobant tour à tour. Ainsi avaient combattu ses ancêtres sauvages. Ils rallumaient en lui les habitudes de l'espèce, les attitudes, les réactions, les ruses, et cela sans difficulté, comme si, au fond, Buck n'avait jamais cessé d'être des leurs. Quand celui-ci, par une nuit froide et sereine, pointait son museau vers une étoile et hurlait interminablement comme un loup, c'étaient ses ancêtres encore, anéantis et réduits en poussière depuis des millénaires, qui hurlaient par sa voix. Il hurlait à la même cadence qu'eux lorsqu'ils exprimaient leur tristesse et tout ce que, pour eux, signifiaient le silence, le froid et les ténèbres.

Par ce chant qui semblait dire l'angoisse de la vie et sa sombre mélancolie, Buck redevenait lui-même. Mais ce n'était pas de son propre mouvement qu'il remontait à ses origines. C'était parce que des hommes avaient découvert du métal jaune dans le Grand Nord et parce qu'un aide-jardinier nommé Manuel ne recevait pas des gages suffisants pour nourrir sa femme et ses nombreux rejetons.

3

LA BÊTE PRIMITIVE ET SOUVERAINE

Cette bête était déjà forte dans le cerveau et la chair de Buck. Et, cette force, alimentée par les conditions féroces de la vie sur la piste, ne cessait de croître. Cependant, elle demeurait secrète. La ruse que Buck avait récemment apprise lui donnait du sang-froid et la maîtrise de lui-même. Préoccupé de s'adapter à sa nouvelle existence, il ne se sentait pas encore tout à fait à son aise. Non seulement il ne cherchait pas les affrontements, mais il les évitait chaque fois qu'il le pouvait.

Très prudent, il se gardait d'agir avec étourderie ou précipitation. Par exemple, dans la haine brûlante qui le séparait de Spitz, il ne trahissait aucune nervosité et se privait de tout mouvement agressif.

En revanche, parce qu'il soupçonnait en Buck un

rival dangereux, Spitz ne perdait pas une occasion de lui montrer les crocs. Il allait même jusqu'à le bousculer. Bref, il s'efforçait de faire éclater une bataille qui n'aurait pu se terminer que par la mort de l'un ou de l'autre. Cette bataille aurait pu même avoir lieu au début du voyage si un incident insolite ne s'était alors produit. Ce soir-là, les voyageurs avaient établi leur misérable camp sur la rive du lac Le Barge. La neige drue, le vent coupant comme une lame et surtout l'obscurité les avaient contraints à chercher presque à tâtons un endroit favorable. Or, ils n'auraient pu faire plus mauvais choix. Derrière eux, se dressait une falaise rocheuse perpendiculaire. Perrault et François durent étendre leurs sacs de couchage sur la glace du lac. Pour être moins lourdement chargés, ils avaient laissé leur tente à Dyea. Ils allumèrent quelques branches de bois mort qui, rendues humides par le contact de la glace, s'éteignirent assez vite, et ils prirent leur dîner sans voir ce qu'ils faisaient.

Buck s'était couché au pied de la falaise, dans un renfoncement. Il y était bien au chaud et confortablement installé. Aussi rechigna-t-il lorsque François distribua les morceaux de poisson qu'il avait dégelés sur le feu de bois. Quand il eut terminé sa part, Buck se hâta de revenir au renfoncement... et ne put y entrer! Il y avait un nouvel occupant. A un grognement il reconnut Spitz. Cette fois, la mesure était comble! Buck bondit sur Spitz avec tant de violence qu'ils en furent surpris l'un et l'autre. Spitz principalement, car il s'était persuadé que Buck était un chien très timide, que seuls protégeaient jusque-là son poids et sa taille imposante.

Quand il les vit jaillir du renfoncement, noués l'un à l'autre, François fut surpris lui aussi. Puis, devinant la cause de la bagarre, il cria :

« Vas-y, Buck ! Corrige-le bien, ce voleur ! Corrige-le bien ! »

Spitz n'aurait pas eu besoin de ce conseil, s'il lui avait été adressé. Il s'était arraché à l'étreinte de Buck et tournait autour de lui dans un mouvement de va-et-vient, avec des grincements de rage. Montrant la même ardeur mêlée de prudence, Buck tournait aussi autour de Spitz et guettait le moment favorable. Ce fut alors que se produisit l'incident inattendu qui remit à plus tard, après d'autres étapes épuisantes, cette lutte pour la suprématie.

On entendit Perrault lancer une bordée de jurons. Puis il y eut le bruit sourd d'un bâton s'abattant sur une carcasse osseuse et un jappement aigu de souffrance. Ce fut le début d'un énorme désordre. Des formes velues rampaient dans tous les coins du camp : une centaine peut-être de chiens esquimaux affamés qui venaient d'un village indien et qui, malgré la distance, avaient capté une odeur de nourriture. Pour s'approcher, ils avaient profité du combat entre Buck et Spitz. Quand Perrault et François se jetèrent au milieu d'eux en brandissant des gourdins, ils montrèrent les crocs et tentèrent de mordre les deux hommes. L'odeur les rendait fous. Perrault en trouva un qui avait déjà la tête dans la caisse aux vivres. Il frappa sur les côtes, sur sa maigre échine, et la caisse se renversa dans la neige. Immédiatement, une vingtaine d'assaillants se précipitèrent à la recherche des pains et du lard salé. Ils se moquaient bien des bâtons qui s'acharnaient sur eux! Ils hurlaient de douleur. Mais ils n'en continuèrent pas moins à dévorer tout le contenu de la caisse, jusqu'au dernier lambeau de lard salé, jusqu'à la dernière miette de pain.

Étonnés du tintamarre, les chiens d'équipage sortirent de leurs repaires. Immédiatement, ils furent assaillis par les intrus. Buck n'avait jamais vu de bêtes semblables. Des squelettes! Leurs os étaient sur le point de percer la peau, et celle-ci pendait comme des chiffons. Ils avaient les yeux étincelants, la gueule ruisselante de bave. La faim leur donnait une puissance irrésistible. Leur tenir tête paraissait vain. Au premier assaut, les chiens d'équipage furent refoulés au pied de la falaise. Buck était cerné par trois esquimaux. En un instant, il eut la tête et les épaules labourées. Le tapage était assourdissant. Billy criait comme à l'accoutumée. Dave et Sollek, ensanglantés, combattaient bravement côte à côte. Joe mordait comme un démon. A un moment donné, il attrapa une patte antérieure et la cassa comme une allumette. Le tire-au-flanc Pike se laissa tomber sur la victime, la saisit à la nuque et lui brisa la colonne vertébrale. Au passage, Buck arrêta par la gorge un adversaire écumant, lui trancha la veine jugulaire et se sentit inondé de sang. La saveur du liquide tiède le rendit plus furieux encore. Il voulut se jeter sur un autre esquimau, mais il fut stoppé par des crocs qui

fouillaient sa propre gorge. C'était Spitz qui l'attaquait de biais, en traître!

Perrault et François, dès qu'ils eurent nettoyé la
partie du camp où se trouvait le traîneau, accoururent au secours des chiens d'équipage. La bande
affamée recula devant eux. Buck se libéra d'une
torsion de reins. Mais le répit fut bref. Les deux
hommes durent revenir en hâte vers le traîneau, car
les esquimaux repartaient à l'attaque de la réserve de
vivres. Billy, que la peur avait rendu courageux, se
lança à leur poursuite et fonça au loin sur la glace.
Pike et Dub galopaient derrière lui, suivis des autres
chiens d'équipage. Dans cette poursuite folle, Buck
aperçut soudain, du coin de l'œil, Spitz qui, pour lui
faire perdre l'équilibre, s'apprêtait à lui donner une
bourrade. S'il tombait au milieu des esquimaux, il
était perdu! D'un court crochet, il échappa à la
bourrade. Puis il rejoignit sur le lac ses compagnons
lancés aux trousses des pillards.

Plus tard, les neuf chiens d'équipage se rassemblèrent et se réfugièrent dans la forêt. Ils étaient en
piteux état. Tous souffraient de quatre ou cinq blessures, certaines assez graves. Dub avait une patte
postérieure déchirée. Dolly, une chienne qui, à Dyea,
avait été ajoutée à l'équipage au dernier moment,
avait la gorge presque tranchée. Joe avait perdu un
œil. Billy, une oreille déchiquetée, gémissait dans la
nuit. A l'aube, ils revinrent en boitillant vers le camp.

Ils y trouvèrent Perrault et François de très mauvaise humeur. Plus de la moitié des vivres avaient disparu. Les pillards avaient coupé les traits et crevé les bâches. En réalité, rien ne leur avait échappé, même ce qui était à peine mangeable. Ils avaient englouti des mocassins en peau d'élan qui appartenaient à Perrault, quelques morceaux du harnais et cinquante centimètres de la lanière du fouet de François. Celui-ci était justement en train de contempler avec tristesse son fouet endommagé. Il se tourna vers les chiens et leur dit sans élever la voix :

« Mes pauvres vieux! Vous êtes mordus partout! Pourvu qu'ils ne vous aient pas donné la rage! Qu'est-ce que tu en penses, Perrault? »

Le porteur de dépêches secoua la tête d'un air sceptique. Six cent quarante kilomètres le séparaient encore de la ville de Dawson. La rage? Pas question. Coûte que coûte, il fallait repartir. En deux heures de jurons et d'efforts, le harnais fut réparé. Les chiens, pattes raides, muscles douloureux, s'arc-boutèrent dans les traits et entamèrent la partie la plus pénible du voyage.

La rivière Forty-Mile était ouverte. Ses eaux tumul-tueuses défiaient le gel. La glace n'avait pris qu'aux endroits tranquilles. Il fallut six jours pour couvrir quarante-huit terribles kilomètres. Terrible était bien le mot, car, à chaque pas, à chaque mètre, les chiens et les hommes risquaient leur vie. Une douzaine de fois, Perrault qui, ouvrant la marche, tâtait le terrain, sentit la glace s'effondrer sous son poids. Il ne fut sauvé que par la longue perche dont il était muni et

qu'il portait horizontalement, de sorte qu'elle se plaçait en travers des trous. Mais, le thermomètre marquant dix degrés au-dessous de zéro, le messager prenait chaque fois un bain glacé. Il fallait allumer un feu près duquel il se réchauffait et qui servait aussi à sécher ses vêtements.

Cependant, rien ne le décourageait. C'était d'ailleurs pour cela que le gouvernement canadien l'avait choisi pour porter les dépêches. Il prenait tous les risques. Malgré sa silhouette frêle, il affrontait les dangers de la glace, il luttait contre elle de la pointe de l'aube à la nuit. Il longeait des rives inquiétantes où le sol gelé pliait et craquait. Derrière lui, François n'osait pas ordonner à l'attelage de s'arrêter. Une fois, le traîneau s'enfonça brusquement. Dave et Buck étaient presque morts quand on les tira de l'eau. Seul, l'habituel feu de camp les ranima. Comme ils étaient enveloppés dans une gaine de glace, Perrault et François les contraignirent à courir autour du feu. Les deux chiens, dont le pelage dégageait des nuages de vapeur, passaient si près des flammes qu'ils eurent le poil roussi.

Dans une autre circonstance, ce fut Spitz qui s'enfonça, entraînant l'attelage jusqu'à Buck. Celui-ci tira en arrière de toute sa force. Ses pattes antérieures, placées sur le bord du trou, glissaient et, autour de lui, la glace oscillait! Mais, dans son dos, il sentait Dave qui, lui aussi, tirait et François qui, cramponné au traîneau, luttait de toute sa vigueur pour le retenir.

Cependant, de nouveau, la glace céda, et sur une

large surface. Une seule chance de salut : la falaise toute proche. Perrault parvint à l'escalader. C'était une sorte de miracle auquel, jusqu'à la dernière seconde, François n'avait pas osé croire. Alors, avec des traits et d'autres parties du harnais, il forma une longue corde. Il en lança l'extrémité à Perrault, et celui-ci l'utilisa pour hisser, au sommet de la falaise, les chiens l'un après l'autre, le traîneau, le chargement et, enfin, François lui-même. On chercha ensuite un endroit pour la descente. Quand on l'eut trouvé, on employa de nouveau la corde improvisée. A la nuit tombée seulement, les voyageurs rejoignirent la rivière. Ce jour-là, ils ne parcoururent que quatre cents mètres.

Quand ils atteignirent la bonne glace résistante de l'Hootalinqua, Buck était fourbu. Les autres chiens ne valaient pas mieux. Mais Perrault voulait rattraper le temps perdu. Il les poussa à fond jusqu'à la nuit et les fit repartir à l'aube. Le premier jour, ils parcoururent les cinquante-six kilomètres qui les séparaient de la rivière Gros Saumon. Le lendemain, ils allèrent jusqu'à la rivière Petit Saumon, soit la même distance. Le troisième jour, ils se rapprochèrent considérablement de la rivière Five Fingers.

Buck avait maintenant le dessous des pattes aussi dur que celui des chiens esquimaux. Il y avait des milliers et des milliers d'années, son dernier ancêtre sauvage avait été capturé et apprivoisé par l'homme des cavernes. Depuis lors, tous ses autres ancêtres avaient graduellement perdu leur résistance. A longueur de journée, Buck clopinait sur la piste. Dès qu'on établissait un camp, il se couchait comme s'il allait mourir. Bien qu'il crevât de faim, il n'aurait pas bougé d'un millimètre pour recevoir sa ration de poisson. François devait la lui apporter. Chaque soir, après le dîner, il lui massait les pattes. Il alla même jusqu'à lui confectionner quatre petits mocassins avec le dessus des siens. Pour Buck, ce fut un grand soulagement. Un matin, à l'instant du départ, Perrault, en le regardant, ne put s'empêcher de sourire, ce qui plissa de mille rides son maigre visage. En effet, couché sur le dos, Buck agitait ses pattes et refusait de se lever. François avait oublié de lui mettre les mocassins! Dans les jours suivants, Buck résista de mieux en mieux aux aspérités de la piste. On finit par lui enlever définitivement ses mocassins.

Un autre matin, près de la rivière Pelly, au moment où François et Perrault harnachaient l'équipage, Dolly, la chienne qui jusque-là était passée presque inaperçue, devint subitement enragée. D'abord, elle poussa un long hurlement déchirant, un hurlement de loup. Tous les chiens en furent effrayés. Leurs poils se hérissèrent. Puis elle bondit vers Buck. Il n'avait jamais vu un chien enragé. Il ne pouvait donc avoir peur. Pourtant, il sentit confusément qu'il y avait là quelque chose d'affreux et qu'il fallait fuir. Ce fut ce qu'il se hâta de faire. Tandis qu'il galopait droit devant lui, Dolly le suivait de près, haletante, la gueule écumante. Elle tentait en vain de le rattraper. Quant à lui, il était maintenant si terrifié qu'il ne parvenait pas à la semer. Il atteignit une île, traversa un bois, franchit en quelques bonds un canal, traversa une autre île, puis une troisième. Après quoi, il décrivit une large courbe et revint à la rivière principale. Il s'engagea sur la glace, espérant follement qu'il trouverait refuge sur l'autre rive. Il entendait toujours derrière lui les grincements et les grognements sinistres de Dolly. Tout à coup, François l'appela d'une distance de plusieurs centaines de mètres. Buck vira presque à angle droit. François le sauverait, l'arracherait aux crocs de la bête cruelle qui continuait à le talonner! Dans son poing, François étreignait une hache. Et, dès que Buck fut passé devant lui, il l'abattit sur le crâne de la chienne enragée.

Buck tomba contre le flanc du traîneau. Le souffle coupé, il n'en pouvait plus. Pour Spitz, l'occasion était magnifique. Il bondit sur son ennemi réduit à l'impuissance et le mordit jusqu'à l'os. Mais le fouet de François commença de claquer. Alors, avec un plaisir intense, Buck regarda Spitz encaisser une correction magistrale.

« Ce Spitz est un démon, remarqua Perrault. Un de ces jours, il tuera Buck. »

François répliqua :

« Un démon? Buck, lui, en vaut deux. Il y a long-temps que je l'observe. Je sais ce que je dis. Écoute-moi bien, Perrault. Un de ces quatre matins, Buck découpera Spitz en morceaux et il les dispersera sur la neige. Tu peux me croire. C'est aussi sûr que je m'appelle François. »

A partir de cet incident, ce fut la guerre entre Spitz et Buck. Spitz, chien de tête et maître reconnu de l'attelage, sentait son autorité menacée par ce chien bizarre qui venait d'un pays situé très loin de là, vers le sud. Un chien très bizarre en effet, car parmi tous ceux qui n'étaient pas originaires du Grand Nord et que Spitz avait connus, aucun ne s'était conduit aussi dignement que Buck, aussi bien lors des haltes que sur la piste. En général assez mous, ils mouraient d'épuisement, de froid et de faim. Buck représentait une exception. La souffrance et les privations ne l'affaiblissaient pas. Au contraire! Pour la force, la sauvagerie et la ruse, il rivalisait déjà avec les esquimaux. Puissant et ambitieux, il était d'autant plus dangereux que le bâton de l'homme au sweater rouge lui avait appris la discrétion, l'art de dissimuler. Il possédait dorénavant la fourberie et la patience infinie des animaux primitifs.

Le choc pour la conquête du commandement était inévitable. Buck le désirait, d'abord parce que telle était sa nature, ensuite parce qu'il avait été saisi jusqu'au plus profond de lui-même par l'orgueil de la piste, par le besoin fiévreux de tirer sur les traits jusqu'au dernier soupir. Cet orgueil tente insidieusement les chiens de mourir à la tâche et les plonge dans le désespoir quand on les prive du harnais. Tel était le sentiment qui dominait aussi chez Dave et Sollek, et les incitait à dépasser, pendant les étapes, les limites de leurs forces; à sortir dès l'aube de leur torpeur pour redémarrer avec une énergie toute neuve; à s'acharner tout le jour et à n'être jamais satisfaits de ce qu'ils avaient accompli, même au camp, même dans leur sommeil agité.

C'était encore cet orgueil qui poussait Spitz à rosser les chiens qui se montraient maladroits, flânaient dans les traits ou se cachaient le matin au moment du harnachement. Enfin, n'était-ce pas toujours par orgueil que Spitz, chien de tête, craignait d'être détrôné par Buck? Et il ne se trompait pas. Buck brûlait du même orgueil que lui.

Il ne se gênait guère pour saper l'autorité de Spitz. Quand celui-ci s'apprêtait à corriger un paresseux, Buck s'interposait. Il agissait à dessein.

Une nuit, il y eut une abondante chute de neige. Le matin venu, Pike, le tire-au-flanc, ne rejoignit pas l'équipage. Il était au fond de son trou, bien tranquille sous soixante centimètres de neige. François l'appela et le chercha en vain.

Spitz était fou de rage. Il se mit à parcourir le camp en tous sens, flairant partout, creusant à droite et à gauche, et poussant des grognements que Pike entendait et qui le faisaient trembler dans sa cachette.

Pourtant, Spitz finit par le découvrir. Il se lança à sa poursuite, bien résolu à le châtier. Mais Buck se précipita entre eux. Il procéda si habilement que Spitz, bousculé en pleine charge, recula, perdit l'équilibre et tomba. Buck, pour qui la loyauté dans le combat était une règle oubliée, sauta sur lui. Pike lui-même, brusquement rassuré, en fit autant. François souriait. Il trouvait la scène amusante. Mais pourtant, il n'oubliait pas qu'il avait la responsabilité d'administrer la justice et de faire respecter l'ordre dans le camp. Il accourut, son fouet levé. Spitz détala. Buck n'en eut pas le temps. Il reçut le premier coup qui le fit rouler au loin, puis d'autres encore, tandis que Spitz revenait à la charge et infligeait à Pike la punition qu'il lui réservait depuis longtemps.

Les jours suivants, alors que Dawson, la ville, ne cessait de se rapprocher, Buck continua d'intervenir en faveur des victimes de Spitz. Mais il s'y prenait avec une habileté accrue. Il n'entrait en action que lorsque François n'était pas dans les parages. Son indiscipline avait beau être bien dissimulée, elle n'en contaminait pas moins les autres chiens. L'équipage, sauf Dave et Sollek, subissait la contagion. Les choses allaient de plus en plus mal. Il y avait continuellement des chamailleries, de bruyantes querelles. Le désordre couvait, puis éclatait. Et toujours, à l'origine, on trouvait Buck. Par sa faute, François était en permanence sur le qui-vive. Il savait que, tôt ou tard, une lutte à mort se produirait entre Buck et Spitz. Très souvent, la nuit, il était réveillé par des aboiements, le bruit d'une bagarre. Mais il s'agissait seulement d'une bousculade entre les autres chiens. N'empêche que François sortait de son sac de couchage et courait voir si Buck et Spitz n'étaient pas en train de s'entre-déchirer.

Cependant, les circonstances ne permirent pas à l'affrontement de s'accomplir. Et les voyageurs pénétrèrent dans Dawson par un sombre après-midi. Il y avait beaucoup d'hommes dans la ville et surtout de nombreux chiens qui, tous, travaillaient. Ils semblaient voués uniquement au travail. Tout le jour, en interminables attelages, ils parcouraient dans les deux sens la rue principale. La nuit même, on entendait tinter leurs grelots. Ils traînaient du bois de chauffage ou des rondins pour la construction des cabanes. Ils descendaient dans les mines et en remontaient avec des chargements de débris. Bref, ils accomplissaient toutes sortes de corvées qui, dans la vallée de Santa Clara, étaient réservées aux chevaux. Plusieurs fois, Buck rencontra des chiens qui, comme lui, venaient du Sud. Mais, en général, c'étaient des esquimaux mâtinés de loups. Chaque nuit, régulièrement, à neuf heures, minuit ou trois heures du matin, ils donnaient un concert nocturne. Ils poussaient en chœur une longue plainte étrange. Buck y joignait sa voix avec ravissement.

Avec l'aurore boréale qui épanouissait sa flamme froide dans le ciel ou avec les étoiles qui dansaient au-dessus de la terre raidie sous un suaire de neige, le chant des chiens esquimaux aurait pu être un défi lancé à ce monde hostile. Mais il se déroulait sur un ton mineur. Entrecoupé de gémissements et de sanglots, c'était plutôt une supplication, une plainte exprimant les douleurs de l'existence.

Chant très ancien, remontant aux origines de l'espèce ; l'un des premiers chants d'un monde encore très jeune, mais ne sachant exhaler que sa tristesse. Ce lamento qui troublait Buck si profondément transmettait le désespoir d'innombrables générations. Quand Buck gémissait lui-même et sanglotait, il disait avec les autres ce malheur d'exister qui avait été la hantise de leurs lointains ancêtres, ainsi que la peur millénaire du froid et de l'obscurité. Il s'arrachait au monde moderne, celui du toit et du feu, pour se replonger dans l'ère où tout avait commencé et où les animaux hurlaient à la lune.

Une semaine après leur arrivée à Dawson, ils repartirent. Ils descendirent une pente raide qui les conduisit à la piste du Yukon. Après quoi, ils se dirigèrent vers Dyea et Salt Water. Perrault portait des dépêches encore plus importantes que celles qu'il venait de remettre. Cédant lui aussi à « l'orgueil du voyage », il se proposait de battre le record de l'année. Plusieurs éléments le favorisaient. En premier lieu, les chiens, après une semaine de repos, avaient retrouvé leur vigueur. D'autre part, la piste, celle même qu'ils avaient déjà empruntée, avait été durcie par les nombreux convois qui la sillonnaient sans cesse. Enfin, la police avait placé çà et là des dépôts de vivres pour les hommes et les attelages. Perrault se déplaçait donc avec une charge insignifiante.

Le premier jour, après une course de quatre-vingts kilomètres, la rivière Sixty-Mile fut atteinte. Le deuxième jour, ils traversèrent le Yukon et continuèrent en trombe vers Pelly. Mais cet exploit ne fut pas accompli sans de graves et nombreux ennuis pour François. La révolte insidieuse de Buck portait ses fruits. L'attelage se désunissait. Il n'était plus semblable à un seul chien tirant sur les traits. Buck encourageait ses compagnons à commettre des fautes mineures, mais répétées. Dans son rôle de chef de file, Spitz n'était plus aussi respecté qu'auparavant. Maintenant qu'on le redoutait moins, on poussait l'audace jusqu'à contester son autorité. Un soir, Pike lui vola sa part de poisson et l'engloutit sous la protection de Buck. Un autre soir, Dub et Joe se battirent contre Spitz et le privèrent de leur infliger la correction qu'ils méritaient. Le doux Billy lui-même paraissait avoir moins bon caractère. Il avait cessé de gémir pour un oui ou un non, et commençait à se rebiffer.

Quant à Buck, il ne s'approchait jamais de Spitz sans grogner d'un ton menaçant et sans hérisser les poils de sa collerette. Il se pavanait devant lui, le frôlait. Il se conduisait en provocateur.

Cette diminution de la discipline n'était pas sans effet sur les relations des chiens entre eux. Ils se querellaient presque sans cesse. A chaque halte, le camp retentissait de leurs hurlements. Seuls, Dave et Sollek ne changeaient pas. Mais le tintamarre les rendait parfois irritables. François jurait, frappait du pied la neige et s'arrachait les cheveux. La lanière de son fouet sifflait plus que jamais, presque en pure perte, semblait-il. Dès qu'il avait le dos tourné, le désordre reprenait de plus belle.

Il soutenait Spitz de son mieux, tandis que Buck protégeait les autres. Il savait que Buck était à l'origine du désordre. Et Buck n'ignorait pas que François le tenait pour responsable. Mais il était devenu trop subtil pour se laisser reprendre sur le fait. Quand il était attelé, il travaillait consciencieusement. Il trouvait un plaisir dans l'effort. Cependant, il en trouvait un plus grand encore à exciter une bataille entre ses compagnons et à embrouiller les traits!

*
**

Un soir, après le dîner, à l'embouchure de la Tahkeena, Dub leva un lièvre et, maladroit, le manqua. En un instant, tout l'équipage, réveillé, démarra. Il y avait à cent mètres de là, dans un camp de la police du Nord-Ouest, une cinquantaine de chiens, en majorité des esquimaux. Sans hésiter, ils prirent part à la poursuite. Le lièvre descendit comme une flèche vers la rivière et s'engagea à la même allure sur le lit gelé d'un petit affluent. Les chiens le suivirent. Mais, gênés par la neige, ils allaient moins vite que lui. Buck galopait à leur tête. Cependant, il ne parvenait pas à réduire la distance qui le séparait du fuyard. Il aboyait sans cesse et, comme la neige était de plus en plus épaisse, il procédait par bonds successifs, et le pelage de son corps magnifique scintillait au clair de lune. Le lièvre, lui aussi, procédait par bonds. A mesure qu'il s'éloignait, il semblait de plus en plus transparent, comme un animal fantastique.

A certaines périodes fixes de l'année, des hommes, obéissant au réveil d'un instinct, quittent les villes bruyantes et s'en vont, par les plaines et les forêts, à la recherche des animaux sauvages. Ils portent des armes perfectionnées, qui lancent des projectiles infaillibles. Ils se plaisent à tuer, ils aiment voir couler le sang. Buck était stimulé par le même instinct. Seulement, chez lui, cet instinct était plus profond que chez les hommes. La chose vivante qui, jusque-là, lui échappait, il voulait s'en saisir, planter ses crocs dans la chair palpitante et baigner sa tête, du museau au sommet du crâne, dans un liquide encore chaud.

Il y a une extase qui nous porte au point le plus élevé de la vie, au-delà même de la vie, semble-t-il. Le paradoxe est qu'elle se produit quand on est — sans s'en rendre compte — pleinement vivant. Cette extase, cet oubli qu'on existe appartiennent en propre aux artistes lorsque l'inspiration les élève au-dessus d'eux-mêmes, enveloppés de flammes ; aux soldats qui, rendus fous par le combat, massacrent blessés et prisonniers. Extase et oubli qui appartenaient aussi à Buck tandis qu'il conduisait la bande en lançant le hurlement des loups et qu'il s'acharnait à rattraper la proie fuyant devant lui dans la faible clarté nocturne. Il exprimait ainsi le tréfonds de lui-même, une partie secrète dont il n'avait pas la moindre notion et qui plongeait jusqu'aux origines du monde. Une vague puissante le portait. Et il était tout à la joie de sentir se mouvoir ses muscles, ses articulations, ses nerfs. Il était le mouvement effréné et la vie agressive, entre les étoiles du ciel et la surface inanimée de la terre.

Spitz, lui aussi, était déchaîné. Mais il gardait de la froideur et quelque aptitude au calcul. Il quitta la meute et prit un raccourci en traversant une étroite langue de terre à un endroit où l'affluent décrivait une large courbe. Buck ne s'aperçut de rien. Il gardait les yeux rivés sur la forme flottante du lièvre. Puis, soudain, en pleine courbe, une autre forme tomba sur le lièvre du haut de la rive. C'était Spitz ! Le gibier ne pouvait pas faire demi-tour. Quand les crocs de Spitz lui cassèrent l'échine, il poussa un cri déchirant, presque humain. A cet appel désespéré d'une proie saisie brusquement dans les griffes de la mort, la meute rassemblée derrière Buck fit entendre un chœur joyeux.

Seul, Buck garda le silence. Il continua de galoper, bondit sur Spitz et le heurta si durement et maladroitement qu'il ne put que lui frôler la gorge. Ensemble, ils roulèrent dans la neige poudreuse. Spitz se redressa très vite, mordit Buck à l'épaule, fit claquer deux fois ses crocs en produisant le bruit métallique d'un piège qui se ferme. Après quoi, il recula encore, à la recherche d'un meilleur point d'appui pour ses pattes. Ses babines retroussées se tordaient en laissant échapper un grognement.

Dans un éclair, Buck comprit : le moment était venu de la lutte à mort. Les adversaires, les oreilles couchées, commencèrent à tourner l'un autour de l'autre avec des grondements étouffés. Chacun guettait l'occasion favorable. Buck, tandis que ces préliminaires se déroulaient, avait l'impression de revivre une scène familière. Il lui semblait se souvenir de tout ce qui l'entourait : le sol, la forêt alourdie par la neige, le clair de lune, l'anticipation grisante de l'affrontement, et ce calme mystérieux qui planait sur le paysage. Pas un souffle d'air. Rien ne bougeait, même pas une feuille d'arbre. L'haleine des chiens montait lentement et s'immobilisait, condensée par le froid. Tous ces loups à demi apprivoisés n'avaient fait qu'une bouchée du lièvre. Et maintenant, rassemblés en cercle, ils attendaient. Eux aussi gardaient le silence. Mais leurs yeux luisaient, leur respiration était haletante. Pour Buck, il n'y avait là rien de nouveau, ni de singulier. C'était une scène des temps les plus anciens, une scène comme il y en avait toujours eu et qui appartenait au cours normal des choses.

Spitz était un combattant bien entraîné. Du Spitzberg au continent arctique, du Canada au Grand Nord, il s'était mesuré avec toutes sortes de chiens et les avait dominés. Sa férocité restait toujours lucide. Il n'oubliait jamais que l'ennemi était possédé par une frénésie de déchirer et de détruire aussi forte que la sienne. Il ne se lançait que lorsqu'il avait prévu la riposte. Il n'attaquait que lorsqu'il avait rendu impossible la contre-attaque.

Buck essaya en vain d'enfoncer ses crocs dans le cou du grand chien blanc. Chaque fois, il rencontrait ceux de Spitz. Il était comme un escrimeur incapable de percer la garde de l'adversaire. Il avait déjà les babines déchiquetées. Mais, petit à petit, il s'échauffa. Il enveloppa Spitz dans un tourbillon et, sans cesse, il tentait de l'atteindre à la gorge, là où il savait que la vie bouillonnait sous la peau. Inlassable, Spitz ripostait, puis se dérobait. Alors, Buck changea de tactique. Il utilisa une feinte. Elle consistait à se précipiter de nouveau sur la gorge de son adversaire et, à l'ultime fraction de seconde, à faire un très léger crochet et à le heurter violemment de la tête, comme avec un bélier, pour le renverser. Buck renouvela inutilement cette feinte à plusieurs reprises. Spitz l'avait sans doute devinée. A chaque tentative de Buck, il s'effaçait, le mordait à l'épaule et, d'un bond léger en arrière, se mettait hors de portée.

Jusque-là, il était intact, alors que Buck avait le souffle coupé et ruisselait de sang. Le combat devint de plus en plus acharné. Patiemment, dans un silence toujours total, la meute attendait, prête à achever le vaincu. Spitz dut s'apercevoir que Buck haletait de plus en plus fort. Alors, il prit l'initiative. Il le fit courir en tous sens. Buck le poursuivit. Mais il trébucha, tomba. Sur-le-champ la meute entière — soixante chiens! — se leva et s'ébranla dans sa direction. Cependant, Buck s'était déjà redressé. La meute se rassit et reprit son attente.

Par bonheur pour lui, Buck possédait une qualité qui est, pour les animaux comme pour les hommes, une sorte de porte donnant accès à la grandeur : l'imagination.

Il combattait par instinct, mais souvent aussi en utilisant son cerveau. Il fonça vers Spitz, comme pour tenter une nouvelle fois de le déséquilibrer par un coup de boutoir à l'épaule. Mais, au dernier instant, il s'aplatit dans la neige et referma ses crocs sur la patte antérieure gauche de Spitz. Les os craquèrent. Le grand chien blanc venait de perdre l'usage de l'un de ses membres. A trois reprises, Buck essaya de le renverser. N'y parvenant pas, il recommença la même tactique. Il chargea, se coucha dans la neige et brisa la patte antérieure droite. Malgré son impotence et la douleur, Spitz s'efforçait de rester debout. Il voyait autour de lui le cercle silencieux de la meute, les yeux luisants des soixante chiens, leurs langues pendantes, le brouillard de leurs haleines qui montait au-dessus d'eux et s'arrondissait en un nuage argenté. Il voyait la meute se rapprocher, le cercle devenir de plus en plus étroit. Bien des fois, dans le passé, il avait assisté à des scènes semblables. Seulement, aujourd'hui, c'était lui le vaincu !

Il ne pouvait plus rien espérer. La pitié est réservée aux régions où le climat est doux. Buck fut inexorable. Il prépara sa manœuvre finale. Le cercle s'était encore resserré, de telle sorte qu'il sentait contre ses flancs le souffle des esquimaux. A droite, à gauche, derrière Spitz, il les voyait accroupis, prêts à bondir, les yeux rivés sur lui. Il y eut alors une assez longue pause. Les esquimaux semblaient s'être transformés en statues. Seul, Spitz tressaillait. Les poils hérissés, il chancelait en poussant des grondements chargés de menaces, comme si, par ce moyen, il espérait encore arracher à la mort un répit. Brusquement, Buck se lança et, pour la première fois, heurta vraiment l'épaule de son ennemi. Puis il recula. Le sombre cercle de la meute se referma sur Spitz, et elle ne fut plus qu'un large point noir sur la neige. Immobile, Buck contemplait le spectacle. Il était vainqueur. Il redevenait l'animal primitif qui vient de prouver sa force et qui, ayant tué, trouve cela délectable.

4

L'AUTORITÉ APPARTIENT AU VAINQUEUR

« Qu'est-ce que je disais, Perrault? s'exclama François. J'avais pas raison quand j'disais que Buck vaut deux démons? »

C'était le lendemain matin. François venait de découvrir que Spitz avait disparu et que Buck était couvert de blessures. Il conduisit celui-ci près du feu de camp et, à la lueur des flammes, il l'examina.

Perrault se pencha sur les blessures béantes :

« Spitz a dû se battre comme un furieux.

— Et Buck s'est battu comme deux furieux! répliqua François. En tout cas, on va marcher plus vite, maintenant. Plus de Spitz, plus d'ennuis, c'est sûr. »

Tandis que Perrault démontait le camp et chargeait le traîneau, François commença de harnacher les chiens. Buck trotta vers la place qu'occupait Spitz comme chien de tête. Voyant cela, François y amena Sollek. A son avis, Sollek devait être le meilleur à ce poste si convoité. Buck bondit sur Sollek, l'écarta d'une violente bourrade.

François éclata de rire en se donnant de grandes claques sur les cuisses :

« Regardez-moi ce Buck ! Il a tué Spitz, et il croit qu'on va lui refiler son boulot ! »

Il changea de ton :

« Allons, fiche le camp. »

Mais Buck refusait de bouger.

Alors, François l'empoigna par la collerette et, malgré ses grognements, il le traîna à quelques mètres et replaça Sollek à la tête de l'attelage. Le vieux Sollek aurait préféré un emploi plus discret. Manifestement, il avait peur de Buck. François s'en moquait et, avec cela, il était obstiné. Il s'éloigna. Ce fut seulement après une vingtaine de pas qu'il se retourna et constata que Buck essayait de nouveau de repousser Sollek. Au reste, celui-ci ne lui opposait que peu de résistance.

François revint à la charge, brandissant un gourdin.

« Cette fois, cria-t-il, j'te jure que j'vais te chauffer les côtes ! »

Buck, se souvenant de l'homme au sweater rouge, recula, mais sans précipitation. Il ne broncha pas quand Sollek fut ramené à la tête de l'attelage. Mais il ne restait pas pour autant immobile. Il décrivait des cercles en se tenant hors de portée du gourdin. Puis — ce fut plus fort que lui — il se mit à exprimer sa rage par des aboiements rauques. Toutefois, du coin de l'œil, il surveillait François, car, à tout instant, celui-ci, ne fût-ce que pour le faire taire, pouvait lui lancer l'arme redoutable qu'il serrait dans son poing. Buck en savait long maintenant sur les gourdins et leurs différents usages.

François s'affaira quelques instants à droite et à gauche. Puis, quand il fut prêt à lui faire reprendre son ancienne place dans l'attelage, c'est-à-dire devant Dave, il l'appela. Buck battit lentement en retraite. François le suivit pas à pas. Mais le jeu ne pouvait se prolonger. François lança son gourdin. Il était persuadé que Buck craignait d'être battu. En réalité, Buck était passé de la crainte à la révolte ouverte. Peu lui importait d'être battu. Ce qu'il voulait, c'était la haute main sur l'équipage. Il l'avait gagnée par sa victoire sur Spitz. Elle lui appartenait de plein droit. Il ne se satisferait plus d'un rôle inférieur.

Perrault accourut à la rescousse. François et lui traquèrent Buck pendant presque une heure. Ils lui lancèrent des gourdins, qu'il esquivait. Ils l'injurièrent et maudirent ses ancêtres jusqu'à la vingtième génération. Ils maudirent aussi ses descendants, chaque poil de son pelage, chaque goutte de son sang. A toutes ces injures, Buck répliquait par un grognement hargneux et par un bond en arrière qui le maintenait hors d'atteinte. Il n'essayait pas de prendre le large. C'était comme s'il avait dit : « Donnez-moi ce que je veux, et je redeviens docile. »

François se laissa tomber sur une pierre et se gratta

la tête. Perrault jeta un coup d'œil à sa montre et grommela :

« Le temps passe. Il y a longtemps que nous devrions être sur la piste! »

François secoua la tête, sans cesser de se gratter, et il regarda son compagnon avec un sourire un peu niais. Perrault haussa les épaules :

« Il nous a eus... »

François se leva. Il s'approcha de l'endroit où se trouvait Sollek. Puis il appela Buck . Celui-ci ricana, à la façon des chiens : un retroussement de babines. Mais il resta à bonne distance. François détacha Sollek et le reconduisit à son ancienne place. L'équipage, harnaché, prêt pour la piste, formait une seule ligne. Il n'y manquait que le chien de tête. François appela de nouveau :

« Ici, Buck. »

Buck renouvela son ricanement... et ne bougea pas plus que la première fois.

« Lâche ton gourdin », dit Perrault.

François s'exécuta. Immédiatement, Buck s'approcha au trot. Plus de ricanement : un sourire de triomphe. Il alla droit à « sa » place. François le harnacha, boucla les traits. Les chiens tirèrent. Le traîneau s'ébranla, glissa de plus en plus vite. François et Perrault l'accompagnaient au pas de course. Peu après, on rejoignit la piste de la rivière.

François avait su apprécier, en Buck, le combattant. « Il vaut deux démons! » avait-il dit à Perrault. Maintenant, il s'apercevait qu'il l'avait encore sous-estimé. Tout de suite, Buck prit au sérieux ses nouveaux devoirs. Il comprenait vite, agissait plus vite encore. Bref, il se montrait supérieur à Spitz, que François considérait pourtant, la veille encore, comme sans égal.

Buck excellait surtout à exercer son autorité sur les autres chiens et à les stimuler. Dave et Sollek acceptaient sans peine son commandement. D'ailleurs, ce n'était pas leur affaire. Leur rôle était uniquement de tirer de toutes leurs forces. Pourvu qu'on ne les gênât pas, ils se moquaient du reste. Le bon Billy courait devant eux. Ils ne lui demandaient que de ne pas commettre de fautes, de filer toujours en ligne bien droite. Quant aux chiens placés devant Billy, par conséquent les plus proches de Buck, ils étaient devenus assez indisciplinés, surtout pendant les derniers jours de Spitz. Ils furent donc très surpris en découvrant que Buck était résolu à leur faire payer très cher la moindre incartade.

Pike, par exemple, placé directement derrière Buck, tirait assez bien, mais jamais plus qu'il ne le fallait. Très vite et à plusieurs reprises, il fut réprimandé pour sa paresse. Et, dès la fin du premier jour, il tirait avec une énergie qu'il n'avait jamais manifestée jusque-là. Au camp, durant la nuit, le maussade Joe fut corrigé d'importance, ce que Spitz n'avait jamais réussi. Buck, plus lourd que lui, l'étouffa sous sa masse. Il se maintint dans cette position tant que Joe, ayant cessé enfin d'essayer de le mordre, n'eut pas commencé, par des gémissements, à demander grâce.

Presque immédiatement, le climat général changea. L'équipage retrouva sa solidarité. Et, de nouveau, les chiens tirèrent ensemble, d'un seul effort. Aux rapides de la rivière Rink, on leur adjoignit deux esquimaux de pure race nommés Teek et Koona. Buck leur fit si vite comprendre ce qu'on attendait d'eux que François en eut le souffle coupé :

« Sacré Buck ! Jamais rien vu de pareil ! Non, jamais ! Il vaut au moins mille dollars. Qu'est-ce que tu en dis, Perrault ? »

Perrault approuva d'un mouvement de tête. D'ores et déjà, il avait battu le record et, chaque jour, il le rebattait. La piste, bien tassée et même dure, était en excellent état. Pas de neige fraîche, donc pas d'obstacles à surmonter. Et puis la température n'était pas trop froide. Tombée à moins dix degrés, elle semblait ne pas devoir bouger jusqu'à la fin du voyage. Quand un homme se reposait sur le traîneau, l'autre courait. Ils maintenaient les chiens en action et ne leur accordaient que des haltes peu fréquentes.

La rivière Thirty-Mile étant couverte d'une couche de glace suffisante, ils parcoururent en un seul jour la distance qui, à l'aller, leur en avait pris dix. Une étape — de quatre-vingt-seize kilomètres pourtant — leur suffit pour aller du lac Le Barge aux rapides de la rivière White Horse. Ensuite, ce fut la traversée des lacs Marsh, Tagish et Bennett — soit cent douze kilomètres. Les chiens allaient à un train d'enfer. Si bien que le coureur — Perrault ou François — devait se faire remorquer par une corde attachée au traîneau. Le dernier soir de la deuxième semaine, ils atteignirent le sommet de la White Pass. Après quoi, ils descendirent une longue pente conduisant à la mer. A leurs pieds, scintillaient les lumières de Skaguay et celles du port.

Record archibattu! Chaque jour pendant deux semaines, ils avaient couvert en moyenne soixante-quatre kilomètres. Pendant trois jours, Perrault et François se promenèrent dans la grand-rue de Skaguay en bombant le torse. De tous côtés, on les invitait à trinquer. Les chiens avaient sans cesse autour d'eux un cercle admiratif de connaisseurs et de conducteurs de traîneaux. Puis trois ou quatre malfaiteurs emprisonnés — des hommes de l'Ouest — voulurent s'enfuir de la ville. Ils furent poursuivis et criblés de balles. Les badauds avaient trouvé un autre sujet d'intérêt. Ils se détournèrent des chiens. Un jour arrivèrent des instructions émanant du gouvernement. François appela Buck et pleura en le serrant dans ses bras. Et, comme d'autres hommes déjà, François et Perrault disparurent à jamais de sa vie.

Ainsi que ses compagnons, il eut un nouveau maître, un Écossais qui avait du sang indien dans les veines. Et, avec une douzaine d'autres attelages, il reprit la morne piste de Dawson. Maintenant, plus question de vitesse, ni de record. Les traîneaux lourdement chargés rendaient le travail très pénible. Car ils portaient le courrier adressé de toutes les parties du monde aux hommes qui cherchaient de l'or dans les sombres parages du pôle.

Buck n'aimait pas cette nouvelle vie. Mais il s'adapta vite au travail et, comme Dave et Sollek, il y mit un point d'honneur. Il veilla aussi à ce que ses autres compagnons, même s'ils n'étaient pas sensibles au point d'honneur, accomplissent leur tâche correctement. L'existence était monotone. Elle avait la régularité d'une machine. Les jours se ressemblaient tous. Chaque matin, avant l'aube, les cuisiniers s'habillaient, allumaient un feu et préparaient le petit déjeuner. Puis, tandis que quelques hommes pliaient les bagages, d'autres harnachaient les chiens. Une heure plus tard, on était parti. L'obscurité n'était pas encore dissipée. A l'horizon, pas la moindre lueur annonçant le jour.

Le soir, on établissait un camp. Des hommes enfonçaient les piquets. D'autres coupaient du bois pour le feu et des branches de pin pour les lits. D'autres encore apportaient de l'eau ou de la glace pour les cuisiniers. Le repas des chiens n'était pas oublié. C'était pour eux le seul moment agréable. Après avoir englouti leur poisson, ils flânaient à droite et à gauche. Ils étaient une centaine environ. Parmi eux, il y en avait de particulièrement agressifs. Pour affirmer son autorité, Buck ne livra que trois combats, mais contre les plus féroces. A partir de ce moment, il lui suffit de hérisser sa collerette et de montrer les crocs pour qu'on se détournât de son chemin.

Ce qu'il aimait — peut-être par-dessus tout — c'était de se coucher près du feu, ses pattes postérieures repliées sous son corps, les antérieures allongées devant lui, la tête haute, les yeux fixés sur les flammes et perdus dans une sorte de rêve. Parfois, des images lui revenaient : la grande maison du juge Miller se dressant au cœur de la lumineuse vallée de Santa Clara ; la piscine de ciment ; Ysabel, la chienne mexicaine à poil ras ; Toots, le roquet japonais... Souvent aussi, il revoyait l'homme au sweater rouge ; la mort de Curly ; son propre combat contre Spitz. Enfin, il évoquait les bonnes choses qu'il mangeait jadis et dont il aurait voulu encore se régaler. Il avait le mal du pays. Pourtant, les pays du soleil lui paraissaient vagues, lointains, et avaient peu de pouvoir sur lui. Plus proche était la mémoire de son hérédité. Bien que confuse, elle lui apportait de rapides visions qui, pour lui, avaient déjà un semblant de familiarité. L'instinct, héritage de ses ancêtres, longtemps endormi en lui, se ranimait, devenait de plus en plus exigeant.

Parfois, tandis qu'il rêvait ainsi devant le feu de camp, il avait l'impression que les flammes appartenaient à un autre feu et que le cuisinier métis s'effaçait pour faire place à un homme bien différent. Cet homme possédait des jambes plus courtes que le cuisinier, des bras plus longs, des muscles qui n'étaient pas ronds et saillants, mais comparables à des cordes pleines de nœuds. Il avait des cheveux emmêlés qui lui descendaient jusqu'aux épaules et plantés très bas, presque au ras de ses sourcils, et la tête rejetée en arrière. Il proférait des sons étranges et paraissait avoir peur de l'obscurité. Il la scrutait sans cesse, tandis qu'il serrait dans son poing un bâton à l'extrémité duquel était attachée solidement une grosse pierre qui se balançait entre son genou et son pied. Pour tout vêtement, il ne portait qu'une peau de bête séchée au feu et dont un lambeau flottait sur ses reins. Son corps était couvert de poils qui atteignaient, sur sa poitrine, ses épaules, la partie extérieure de ses bras, de ses cuisses, l'épaisseur d'une fourrure.

Il ne se tenait pas debout, mais le torse incliné en avant, sur des genoux toujours fléchis. Cela ne l'empêchait pas de montrer une élasticité remarquable, une souplesse de félin et la promptitude de réaction d'un être habitué à vivre dans la crainte continuelle des choses visibles et invisibles.

A certains moments, l'homme velu s'accroupissait près du feu, la tête entre les jambes, et dormait. Ses coudes reposaient alors sur ses genoux, et ses mains se joignaient sur sa tête, comme pour la protéger de la pluie. Au-delà du feu et de son cercle fascinant, Buck apercevait des charbons ardents qui perçaient l'obscurité. Deux ici, deux là, deux autres un peu plus loin. Il savait que ces charbons ardents étaient les yeux de grandes bêtes de proie. Il les entendait se déplacer dans la nuit, faire craquer les branches sur leur passage.

Ainsi, il rêvait sur une rive du Yukon. Ses paupières lasses clignotaient. Les bruits et les images qui lui venaient d'un monde aboli hérissaient son pelage et sa collerette, jusqu'à ses oreilles...

Il étouffait un gémissement, puis grognait en sourdine. Mais, souvent, à ce moment, une voix le faisait sursauter, la voix du cuisinier :

« Allons, Buck, debout ! »

Sur-le-champ, le monde ancien se dissipait et la réalité reparaissait. Buck se levait, bâillait et s'étirait comme s'il avait vraiment dormi.

Voyage pénible, car le courrier était lourd à traîner. A l'arrivée à Dawson, les chiens, amaigris, étaient épuisés. Il leur aurait fallu dix jours de repos, ou au moins une semaine. On ne leur accorda que vingt-quatre heures. Après quoi, ils durent repartir. Ils rejoignirent la rive du Yukon avec de nouveaux chargements de lettres. Ils n'en pouvaient plus. Les hommes bougonnaient. Et, pour aggraver encore la situation, la neige tombait sans discontinuer. La piste était plus molle qu'au voyage aller. Les traîneaux glissaient moins bien et les chiens devaient fournir un effort accru. Toutefois, les hommes se montrèrent compréhensifs. Ils firent de leur mieux pour soulager les animaux.

Chaque soir, on s'occupait d'abord des chiens. Ceux-ci mangeaient avant les conducteurs. Aucun homme ne se glissait dans son sac de couchage sans avoir examiné les pattes des animaux formant l'attelage dont il avait la responsabilité. Cependant, les chiens étaient de moins en moins vigoureux. Depuis le début de l'hiver, ils avaient parcouru près de trois mille kilomètres. En général, une telle distance a raison des plus robustes. Buck résista. Bien qu'il fût très fatigué, il parvint à maintenir la discipline parmi ses compagnons. Et il sut les contraindre à ne pas abandonner leur tâche. Chaque nuit, Billy criait et gémissait dans son sommeil. Joe était plus hargneux que jamais. Quant à Sollek, impossible de l'approcher, même du côté où il n'était pas borgne.

Mais, de tout l'attelage, c'était Dave qui souffrait le plus. Il avait beaucoup changé. Il était devenu plus sombre, plus irritable. Dès que le camp était dressé, il creusait un trou, et c'était là que son conducteur venait lui remettre une ration de poisson. Et il ne sortait de son trou que le lendemain matin, quand il savait qu'on commençait à harnacher. Quelquefois, quand il devait démarrer brusquement ou quand se produisait un arrêt un peu brutal, il poussait un cri de douleur. Son conducteur l'examina, ne trouva rien d'anormal. Tous les autres conducteurs s'intéressèrent à lui. Ils discutaient à son sujet pendant leur dîner, puis jusqu'à la dernière pipe, celle qui précédait l'instant où ils se couchaient. Un soir, ils tinrent une véritable conférence. Dave fut tiré de son trou, conduit près du feu, palpé, manipulé. On lui faisait mal. Il gémissait de souffrance. En effet, il y avait quelque chose d'anormal. Pourtant, les conducteurs n'avaient pas repéré un seul os brisé. Ils ne comprenaient pas.

Quand le convoi atteignit Cassiar Bar, Dave était si faible qu'il tombait et retombait sans cesse dans les traits. L'Écossais ordonna une halte, le détacha et le remplaça par son plus proche voisin, Sollek. Son intention était de permettre au malade de trotter librement derrière le traîneau, bref de se reposer. Mais, bien qu'il tînt à peine sur ses pattes, Dave protesta lorsqu'on le détacha et poussa des gémissements désespérés quand il vit Sollek à la place qu'il avait lui-même occupée si longtemps. Car il était possédé par l'orgueil du harnais et de la piste, et ne pouvait supporter qu'un autre accomplît une tâche qui était la sienne.

Dès que le traîneau s'ébranla, Dave s'élança dans la neige molle, le long de la piste durcie, et il attaqua Sollek avec ses crocs. Il se jetait sur lui, essayait de le projeter hors de l'attelage, sur le bord de la piste, et de reprendre sa place. Tout cela avec des gémissements, des jappements, qui exprimaient la souffrance et le chagrin.

L'Écossais utilisa son fouet pour le chasser. Mais il n'avait pas le cœur à frapper assez fort. Et puis, Dave paraissait insensible aux coups. Il refusait de trotter bien sagement derrière le traîneau sur la piste tassée où la course était assez facile. Il continuait à galoper le long du traîneau, dans la neige épaisse. Soudain épuisé, il tomba et demeura immobile, en poussant des hurlements lugubres, tandis que les attelages défilaient l'un après l'autre tout près de lui.

Il rassembla ses ultimes forces, se redressa et, chancelant, trébuchant, il parvint à coller au convoi jusqu'à ce qu'il s'arrêtât. Il remonta plusieurs traîneaux jusqu'au sien et se planta près de Sollek. L'Écossais profita de ce répit pour échanger quelques mots avec le conducteur qui le suivait. Il lui emprunta un briquet pour rallumer sa pipe. Après quoi, il se retourna et remit ses chiens en marche. Ceux-ci démarrèrent avec une mollesse inattendue, puis cessèrent de tirer. Surpris, le conducteur constata que son traîneau avait à peine bougé. Il appela les autres conducteurs :

« Regardez-moi ça ! »

Dave avait tranché à coups de crocs les deux traits de Sollek et il se tenait au milieu de l'attelage, à sa place habituelle. Ses yeux suppliaient : « Laissez-moi où je suis. Ne me chassez pas ! »

L'Écossais était perplexe. Les conducteurs lui rappelèrent qu'un chien pouvait mourir si on le privait d'une tâche qui, pourtant, le menait droit à la mort. Chacun d'eux se souvenait au moins d'un chien qui, trop vieux ou infirme, avait rendu le dernier soupir dès qu'on lui avait enlevé la joie de travailler. Il fallait être pitoyable. De toute façon, Dave touchait à sa fin. Pourquoi, en lui rendant sa place dans l'attelage, ne pas lui donner une dernière satisfaction ?

Il fut donc de nouveau harnaché. Il tira fièrement, comme naguère. Cependant, des cris de douleur lui échappaient de temps à autre, provoqués sans doute par quelque lésion interne. Plusieurs fois, il tomba, s'empêtra dans les traits. Le traîneau passa même sur lui, le blessant à une patte postérieure. A partir de ce moment, il boita.

Néanmoins, il tint bon jusqu'au camp. L'Écossais lui réserva une place près du feu. Mais, le lendemain, il était trop faible pour voyager. Lorsqu'il vit qu'on commençait à harnacher, il voulut rejoindre l'Écossais. Grâce à des efforts convulsifs, il parvint à se redresser. Il chancela, retomba. Alors, lentement, il rampa vers l'endroit où avait lieu le harnachement. Il avançait sur ses pattes antérieures par une succession de soubresauts. Sa progression, à chaque secousse, n'était que de cinq ou six centimètres. Ses forces l'abandonnaient. Quand ses compagnons démarrèrent, ils eurent de lui une ultime image. Ils le virent qui, haletant dans la neige, s'acharnait encore à se rapprocher d'eux. Mais ils entendirent ses hurlements désespérés jusqu'à l'instant où ils eurent disparu derrière le rideau d'arbres qui bordaient la rivière.

Alors, l'Écossais ordonna :

« Halte ! »

Il descendit de son traîneau et, sans hâte, il revint vers le camp. Tous les hommes se taisaient. Soudain, il y eut la détonation d'un revolver. L'Écossais revint en courant. Les fouets claquèrent. Les clochettes tintèrent joyeusement. Les traîneaux s'élancèrent en soulevant des nuages de neige.

Mais Buck, comme tous les autres chiens, savait ce qu'on venait de faire derrière le rideau d'arbres.

5

MARTYRS DE LA PISTE

Un mois après avoir quitté Dawson, le courrier de Salt Water, avec Buck et ses compagnons en tête, arrivait à Skaguay. Les chiens étaient en piteux état. Ils avaient franchi les limites de l'épuisement. Buck était descendu de soixante-dix kilos à cinquante-sept. Ses compagnons, bien que plus légers, avaient comparativement perdu plus de poids que lui. Pike, le paresseux, avait bien souvent fait semblant de boiter. Maintenant, il boitait pour de bon, tout comme Sollek. Quant à Dub, il souffrait d'une omoplate démise.

Enfin, ils avaient tous les pattes terriblement meurtries. Ils n'étaient plus capables de sauter, ni de galoper. Ils allaient sur la piste d'un pas pesant, irrégulier, qui imposait à leurs corps une fatigue supplémentaire. Leur seule maladie : un épuisement mortel. Cet épuisement n'était pas de ceux qu'on éprouve après un effort excessif, mais bref, et qu'on surmonte en quelques heures. C'était comme le drainage jusqu'à la dernière goutte, pendant des mois et des mois, de toute énergie, de tout élan vital. Plus de réserves, plus de récupération possible, plus la moindre étincelle. Muscles, fibres et cellules avaient cessé de jouer leurs rôles respectifs. La raison en était que, pendant cinq mois, les attelages avaient couvert quatre mille kilomètres et que, pendant les derniers deux mille huit cents kilomètres, on ne leur avait accordé que cinq jours de détente. Quand on arriva à Skaguay, les chiens étaient vraiment au bout de leur rouleau. Ils pouvaient à peine maintenir les traits tendus. Dans la descente, ils eurent beaucoup de mal à retenir les traîneaux et à ne pas se trouver sur leur passage. Puis ce fut la grand-rue de Skaguay. Comme les chiens chancelaient, les conducteurs essayaient encore de les stimuler :

« Courage, mes pauvres vieux, courage! C'est presque fini. Après ça, vous vous reposerez autant que vous le voudrez. »

Ils étaient sincères. Ils croyaient à un très long repos, tant pour eux-mêmes que pour les chiens. En ce qui les concernait, ils avaient parcouru deux mille kilomètres et n'avaient pu se reposer que pendant deux jours. Ne méritaient-ils pas de flâner à leur guise et, s'ils en avaient envie, de dormir vingt-quatre heures sur vingt-quatre?

Mais il y avait tant d'hommes qui avaient envahi le

Klondike! Il y avait tant d'épouses, de fiancées et de parents qui, restés au bercail, attendaient des nouvelles! L'encombrant courrier commençait à prendre des proportions de montagnes! Et puis, il y avait les ordres émanant du gouvernement. Des chiens de la baie d'Hudson, en pleine forme, devaient remplacer ceux qui ne valaient plus rien pour la piste. Ces derniers, on s'en débarrasserait. On en tirerait bien quelques dollars.

Trois jours passèrent, pendant lesquels, plus encore que pendant le voyage, Buck et ses compagnons sentirent combien ils étaient fatigués et affaiblis. Puis, le matin du quatrième jour, deux hommes se présentèrent. Ils venaient des États-Unis. Pour une bouchée de pain, ils achetèrent chiens, harnais et matériel. Ils se donnaient, quand ils s'adressaient l'un à l'autre, les prénoms de Charles et de Hal. Âgé de quarante ans environ, le teint assez clair, Charles avait des yeux clignotants et humides, une grosse moustache qui tressautait lorsqu'il parlait ou riait, et qui cachait assez bien une bouche plutôt molle. Hal pouvait avoir dans les vingt ans. Il portait une ceinture hérissée de cartouches, à laquelle pendaient un couteau de chasse et un énorme colt. Cette ceinture représentait le détail le plus remarquable de sa personne. Elle était comme le signe de sa dureté implacable, une invitation à « ne pas s'y frotter ». Ces deux hommes faisaient manifestement tache parmi la population de Skaguay. Pourquoi s'étaient-ils aventurés jusqu'au Grand Nord? C'était l'un de ces mystères que nul ne peut percer.

Buck les entendit marchander. Il les vit remettre des pièces de monnaie à l'Écossais. Il comprit que celui-ci et les conducteurs du convoi transportant le courrier sortaient de sa vie, comme l'avaient fait Perrault et François quelques mois plus tôt, et d'autres auparavant.

Ses nouveaux propriétaires le conduisirent à leur camp. Buck n'avait jamais vu pareil désordre : une tente à demi montée, des assiettes sales... Dans ce camp, il y avait aussi une femme que les hommes appelaient Mercédès. C'était l'épouse de Charles et la sœur de Hal. Charmante réunion familiale.

Ce ne fut pas sans une certaine crainte que Buck les regarda démonter la tente et charger le traîneau. Quelle maladresse! Ni précision, ni méthode. Mais que d'efforts inutiles! La tente forma un rouleau trois fois trop gros. Les assiettes furent embarquées sans avoir été lavées. Mercédès était sans cesse dans les jambes des hommes. Elle leur donnait des conseils, les bombardait de reproches. Lorsqu'ils déposèrent à l'avant du traîneau un sac de vêtements, elle leur dit qu'il fallait le mettre à l'arrière. Quand ils se furent exécutés et qu'ils eurent entassé sur le sac à vêtements deux autres paquets, elle découvrit des objets qu'elle avait oubliés. Elle déclara que leur place était dans le sac. Il fallut tout recommencer.

Trois hommes sortirent d'une tente plantée à une cinquantaine de mètres. Ils s'approchèrent. Ils avaient des sourires narquois et échangeaient des clins d'œil.

« Vous avez là un chouette chargement, déclara

l'un d'eux. Vous me direz que ce n'est pas mes oignons, mais, si j'étais vous, je n'emporterais pas cette tente. »

Mercédès leva les mains au ciel :

« Qu'est-ce que je deviendrais sans une tente ?

— C'est le printemps. Vous ne risquez plus d'avoir froid. »

Elle secoua la tête d'un air décidé. Et, avec l'aide de Hal, Charles déposa leurs derniers bagages au sommet de l'impressionnant chargement.

« Vous croyez que ça tiendra ? insinua le deuxième visiteur.

— Pourquoi pas ? » répliqua Charles assez sèchement.

L'autre prit un ton doucereux :

« Vous savez, c'que j'en disais... Mais, voyez-vous, je me demandais si ça n'est pas un peu trop lourd au sommet... »

Charles lui tourna le dos et plaça les courroies... tant bien que mal.

« Et naturellement, murmura le troisième visiteur, les chiens vont tirer ça toute la journée...

— Naturellement », fit Hal avec une politesse glacée.

Il sauta sur la petite plate-forme arrière du traîneau, saisit de la main gauche le barreau horizontal et de la droite brandit son fouet en criant :

« En avant ! »

Les chiens tirèrent un moment avec vigueur sur les traits. Puis ils s'arrêtèrent. Ils semblaient incapables d'arracher au sol le traîneau.

« Bande de fainéants! hurla Hal. Je vais vous montrer, moi! »

Et il se préparait à leur décocher un coup de fouet. Mais Mercédès se précipita.

« Non, Hal, non! supplia-t-elle en lui arrachant le fouet. Ces pauvres choux! Il ne faut pas les battre. Promets-moi, Hal. Sinon, je ne bouge pas d'ici. »

Il ricana :

« Tu ne connais rien aux chiens. Et je voudrais que tu me fiches la paix. Ils ont la flemme. Voilà tout. Si on veut qu'ils travaillent, faut les fouetter. Ils sont comme ça. Tiens, demande à nos voisins. »

Elle se tourna vers les trois visiteurs avec, sur son joli visage, une expression implorante. Une expression qu'elle modifia aussitôt, car elle n'aimait pas étaler ses sentiments, surtout quand elle souffrait.

« Si vous voulez mon avis, dit l'un des visiteurs, ils sont épuisés, vos chiens, éreintés, fourbus, vidés.

— Vidé toi-même! » grommela Hal.

Outrée de l'insolence de son frère, Mercédès fit : « Oh! »

Mais elle aimait les siens, et Hal par-dessus tout. Elle prit sa défense :

« C'est toi qui conduis l'attelage. Fais ce que tu estimes devoir faire. »

Le fouet claqua, la lanière s'abattit sur les chiens. Ils se jetèrent en avant, plantèrent leurs pattes dans la neige durcie, s'arc-boutèrent, tirèrent de toute leur force. Le traîneau semblait accroché au sol, comme une ancre. Après deux essais, ils s'arrêtèrent, pantelants. Le fouet allait encore siffler, lorsque Mercédès

intervint de nouveau. Elle se laissa tomber à genoux devant Buck, lui passa ses bras autour du cou :

« Mes pauvres petits, pourquoi ne tirez-vous pas mieux ? Vous ne seriez plus fouettés ! »

Buck n'aimait pas cette femme. Mais il était trop malheureux pour lui résister. Au fond, elle n'était qu'une épreuve de plus dans cette journée désastreuse...

L'un des visiteurs serrait les dents depuis un moment. Soudain, n'y tenant plus, il éclata :

« Ce n'est pas que je m'intéresse beaucoup à ce qui vous arrivera. C'est aux chiens que je pense. Si vous voulez les aider, il n'y a qu'un moyen. Les patins du traîneau sont soudés au sol par le gel. Pour les décoller, servez-vous du barreau auquel vous vous tenez. Secouez-le de droite et de gauche. Et faites ça pendant que les chiens tireront. »

Hal accepta de suivre le conseil. Pendant que les chiens tiraient pour la troisième fois, il réussit à décoller les patins. Sous une grêle de coups de fouet, Buck et ses compagnons s'acharnaient, courbés, le museau presque au sol. Soudain, le traîneau surchargé s'ébranla. Cent mètres plus loin, la piste virait, grimpait selon une pente assez raide qui débouchait sur la grand-rue. Il aurait fallu un conducteur habile pour garder le traîneau en équilibre. Hal manquait totalement d'expérience. Dans le tournant, le traîneau versa, perdit la moitié de son chargement qui glissa sous les courroies insuffisamment serrées. Les chiens ne s'arrêtèrent pas pour autant. Derrière eux, le traîneau allégé tressautait sur son flanc gauche. Ils étaient furieux. Jamais, on ne les avait traités avec tant de violence. Jamais, on ne leur avait imposé une charge aussi lourde. Buck écumait de rage. Il s'élança au galop, suivi de tout l'équipage. Hal criait :

« Arrêtez! Mais arrêtez donc! »

Il trébucha, tomba. Le traîneau passa sur lui. Les chiens achevèrent de gravir la pente et surgirent dans la grand-rue. Les passants s'esclaffèrent en les voyant répandre sur la chaussée ce qui restait du chargement.

Ils arrêtèrent les chiens, rassemblèrent les objets qui jonchaient le sol et donnèrent eux aussi des conseils. Si les voyageurs voulaient atteindre Dawson, il fallait réduire de moitié le chargement et doubler le nombre des chiens. Hal, sa sœur et son beau-frère écoutèrent d'assez mauvaise grâce. Pourtant, ils s'exécutèrent. Ils déployèrent leur tente sur le côté de la chaussée, y déposèrent tout ce qu'ils possédaient et commencèrent de faire un tri. Quand ils examinèrent quelques boîtes de conserves, on rit beaucoup parmi les badauds. L'un d'eux commenta :

« Rien de plus inutile sur la piste. Flanquez-en la moitié en l'air. La tente aussi. Et ces assiettes? Vous croyez que vous aurez quelqu'un pour faire la vaisselle? Qu'est-ce que vous croyez? Que vous allez voyager en pullman? »

Petit à petit, le superflu fut éliminé, inexorablement. Mercédès sanglota quand elle dut écarter le sac contenant ses vêtements et bien d'autres choses. Le visage baigné de larmes, elle se balançait, les mains croisées sur les genoux, comme une personne qui vient de perdre un être cher. Elle jurait qu'elle resterait là où elle était, qu'elle ne suivrait plus son mari, même pour un empire. Dans son désespoir, elle appelait à son aide toutes les puissances célestes. Puis, brusquement, elle cessa de se lamenter. Elle s'essuya les yeux, elle se mit à éliminer des objets qui lui appartenaient en propre et qu'elle estimait jusque-là indispensables. Ensuite, elle attaqua les bagages de Charles et de Hal, et elle les dévasta comme une tornade.

Ce qui restait, lorsque l'opération fut terminée, représentait encore une masse impressionnante. Dans la soirée, Charles et Hal allèrent acheter six nouveaux chiens. Ajoutés aux six qui formaient l'ancien équipage et aux deux esquimaux Teeck et Koona qu'on leur avait adjoints pendant l'étape où un record avait été battu, les nouveaux venus portaient à quatorze le nombre d'animaux chargés de tirer le traîneau.

Mais ces nouveaux venus, bien qu'ils eussent déjà travaillé, ne tardèrent pas à montrer leur médiocrité. Il y avait trois pointers à pelage presque ras, un terre-neuve et deux métis d'origines inconnues. Ils étaient très ignorants. Buck et ses compagnons les considéraient avec mépris. Après leur avoir montré leurs places dans l'attelage, Buck leur apprit ce qu'ils ne devaient pas faire. Mais, lorsqu'il s'agit de leur enseigner ce qu'ils devaient faire, il échoua sur toute la ligne. Ils ne mettaient aucun empressement à s'habituer au harnais et à la piste. A l'exception des deux métis, ils restaient comme abrutis par les mauvais traitements qu'ils avaient subis et paraissaient ne rien comprendre au milieu étrange et sauvage dans lequel ils venaient de tomber. Les deux métis somnolaient sans cesse. Ils ne sortaient de leur torpeur que pour se disputer un os.

Des nouveaux venus presque inutiles. Un attelage déjà épuisé par quatre mille kilomètres de piste pratiquement ininterrompue... L'avenir n'était rien moins que brillant. Pourtant, Charles et Hal éclataient de satisfaction d'eux-mêmes et de fierté. Ils avaient l'impression, avec quatorze chiens, de voyager en grand arroi. Bien sûr, ils avaient vu d'autres traîneaux, les uns partant pour Dawson, les autres qui en revenaient. Aucun n'était tiré par quatorze chiens ! Ils ne savaient pas qu'il y avait à cela une bonne raison : aucun traîneau ne pouvait transporter la nourriture pour des chiens aussi nombreux. Ils avaient préparé leur voyage un crayon à la main et croyaient, après des calculs précis, avoir déterminé au plus juste le poids et le volume des rations, en tenant compte naturellement de la longueur du voyage. Penchée sur l'épaule de son mari, Mercédès approuvait par de vigoureux mouvements de tête. Tout paraissait si simple !

Le lendemain, vers la fin de la matinée, ce fut le départ. Buck entraîna le long attelage vers l'extrémité de la grand-rue. Le démarrage fut lent et mou. Pas d'enthousiasme, pas la moindre excitation. La fatigue était générale. Quatre fois, Buck avait couvert la distance entre Salt River et Dawson. Il devinait qu'on allait exiger de lui le même exploit. Et, dans l'état où il se trouvait, cette perspective assombrissait encore son humeur. Comme tous ses compagnons, il n'avait pas le cœur à l'ouvrage. Les nouveaux venus se montraient timides, effrayés. Les anciens n'avaient aucune confiance en leurs maîtres.

Buck sentait vaguement qu'on ne pouvait en aucune façon compter sur ces deux hommes et cette femme. Leur ignorance de la vie sur la piste sautait aux yeux. Et, après quelques jours, il devint évident qu'ils étaient incapables de la moindre adaptation. Dans tous les domaines, ils se montraient négligents, sans ordre ni discipline. Il leur fallait la moitié de la nuit pour dresser un camp où régnait sur-le-champ la pagaille. Le lendemain, ils perdaient la moitié de la matinée à plier bagage. Ils chargeaient si maladroitement le traîneau qu'ils devaient s'arrêter plusieurs fois en cours d'étape pour rétablir tant bien que mal l'équilibre et resserrer les courroies. Parfois, on parcourait à peine quinze kilomètres. Il arrivait aussi qu'on fût dans l'incapacité de démarrer. Les deux hommes, après de savants calculs, avaient décidé que les rations des animaux ne seraient distribuées que lorsque certaine distance serait couverte. Or, pas un seul jour cela ne se produisit.

On devait donc fatalement se trouver à court de nourriture pour les chiens. Hal, sa sœur et son beau-frère précipitèrent même cette échéance en se montrant trop généreux. Les chiens achetés récemment n'étaient pas habitués à la sous-alimentation. Ils avaient un appétit féroce. En outre, comme les esquimaux, épuisés, tiraient mal, Hal estima que, pour eux aussi, la ration prévue n'était pas suffisante. Enfin, pour compliquer encore les choses, Mercédès, ses beaux yeux brillants de larmes et des sanglots dans la voix, essayait fréquemment de fléchir son frère. Quand elle n'y parvenait pas, elle volait des poissons dans les sacs et les distribuaient en cachette.

Cependant, ce n'était pas de nourriture que les chiens avaient surtout besoin, mais de repos. Car, s'ils faisaient des étapes plutôt courtes, ils n'en gaspillaient pas moins leur réserve de forces en tirant un chargement beaucoup trop lourd.

Puis vint la disette. Un matin, Hal s'aperçut que la moitié des vivres s'était envolée et qu'on avait à peine parcouru le quart de la distance. Il savait que, dans ce désert, il était impossible de rien acheter. Il décida donc de réduire les rations et d'essayer d'allonger l'étape quotidienne. Sa sœur et son beau-frère l'approuvèrent. Mais ils étaient si maladroits, si incompétents! Il ne fut pas difficile de donner aux chiens moins de nourriture. Mais les deux hommes et Mercédès ne parvinrent pas à leur faire adopter une allure plus rapide. Eux-mêmes, en démarrant beaucoup trop tard, ne perdaient-ils pas chaque matin un temps précieux? Ils ignoraient tout des chiens. Pourtant, ce n'était peut-être pas le plus grave. Ils étaient incapables de s'imposer une discipline personnelle.

Dub fut le premier à quitter la scène. Ce pauvre voleur brouillon ne manquait jamais de se faire prendre et recevait de nombreuses corrections. Au surplus, il travaillait mal. Son omoplate déboîtée n'avait jamais été soignée. Il souffrait de plus en plus. Finalement, Hal l'abattit d'une balle de revolver. On dit que les chiens qui ne sont pas originaires du Grand Nord meurent très vite si on leur impose la moitié de la ration habituelle des esquimaux. Ce fut le cas du terre-neuve. Il fut suivi par les trois pointers à pelage ras. Les deux métis, plus résistants, ne leur survécurent cependant que quelques jours.

Hal, Charles et Mercédès avaient déjà perdu cette gentillesse et cette douceur qui caractérisent les gens du Sud. Dépouillé de son charme romantique, de sa poésie, le Grand Nord leur apparaissait dans toute son austérité. Mercédès avait cessé de plaindre les chiens avec des sanglots dans la voix. Elle était bien trop occupée à pleurer sur elle-même et à se quereller avec son mari et son frère. La querelle était la seule chose dont ils ne semblaient jamais se lasser. Leur irritabilité trouvait un aliment dans leur misère. Elle croissait sans cesse, prenait des proportions monstrueuses. Ils étaient incapables d'acquérir la merveilleuse patience des vrais hommes de la piste, ces hommes qui travaillent avec acharnement, traversent mille épreuves, et n'en restent pas moins accueillants, aimables, de caractère égal. Chez Mercédès et ses deux compagnons, rien de semblable. Ils se raidissaient dans la souffrance. Tout leur faisait

mal : leurs muscles, leurs os, leurs cœurs. Leur langage lui-même reflétait cette souffrance. Du matin au
soir, ils n'employaient plus que des expressions
brutales, des mots blessants.

En général, c'était Mercédès qui mettait le feu aux
poudres. Immédiatement, Charles et Hal marchaient
à fond. Chacun était persuadé qu'il accomplissait
bien plus que sa part de travail et ne manquait pas
une occasion de le proclamer. Mercédès prenait tour
à tour le parti de son mari et celui de son frère.
Résultat : un magnifique et interminable duel fami-
lial. Quelquefois — du moins à l'origine — l'affaire
ne concernait que Charles et Hal. Qui devait ce
soir-là fendre le bois d'allumage ? Le point de départ
était insignifiant. Mais il s'élargissait à l'infini. On se
jetait à la figure tous les membres des deux familles,
pères, mères, oncles, cousins, des gens qui vivaient à
des milliers et des milliers de kilomètres. On passait
même en revue les morts ! Quels rapports pouvaient
avoir, avec le feu de camp, les goûts de Hal en
peinture ou les petites pièces que son oncle écrivait
pour jouer entre amis ? Mystère. Soudain — mystère
encore — la discussion bifurquait de nouveau. Il
n'était plus question que des opinions politiques de
Charles, puis... de sa sœur Jane. « Cette menteuse,
cette bourreuse de crânes ! » clamait Mercédès. Elle
se lançait sans transition dans des considérations
interminables sur certaines manies déplaisantes
qu'elle prêtait aux proches parents de son mari. Et,

pendant ce temps, le feu n'était pas allumé, le camp restait à demi monté, les chiens attendaient leurs rations.

**
* *

Comme beaucoup de femmes, Mercédès se prenait pour une victime. Jolie et peu énergique, elle avait toujours été traitée de façon chevaleresque. Aujourd'hui, son mari et son frère avaient bien peu d'égards pour elle. Ils ne cessaient de lui répéter : « Tu n'as pas fini de pleurnicher sur toi-même ? »

Considérant qu'elle avait bien le droit de se plaindre, puisque telle était la prérogative essentielle de son sexe, elle se vengeait en leur faisant la vie impossible. En outre, elle n'accordait plus la moindre attention aux chiens. Parce qu'elle était malheureuse et fatiguée, elle s'obstinait à voyager assise sur le traîneau. Oui, elle était jolie et délicate. Mais cela ne l'empêchait pas de peser soixante-dix kilos, qui s'ajoutaient au chargement. Elle voyageait de cette façon jusqu'au moment où les chiens, à bout de force, s'abattaient dans les traits et où le traîneau s'immobilisait.

Charles et Hal lui demandaient de descendre et de marcher. Ils la suppliaient. Il leur arrivait même de la menacer. Pour toute réponse, elle sanglotait, invoquait le Ciel, le prenait à témoin de leur dureté.

Un jour, excédés, ils l'empoignèrent et la firent descendre. Ils se promirent de ne jamais recommencer. En effet, comme une enfant gâtée, elle fit semblant de ne pas tenir sur ses jambes et se laissa tomber sur la piste. Ils poursuivirent leur chemin. Elle resta dans la même position. Après avoir parcouru cinq kilomètres, ils allégèrent le traîneau, revinrent la chercher et la replacèrent sur le traîneau.

Dans leur misère, ils devenaient insensibles à la souffrance des animaux. Hal avait une théorie (bonne seulement pour les autres!) :

« Il faut nous endurcir! »

Il essaya de convaincre sa sœur et son beau-frère. Ayant échoué, il se rabattit sur l'attelage et lui imposa sa théorie à coups de fouet.

A Five Fingers, on s'aperçut que la réserve de vivres pour les chiens était épuisée. Une vieille Indienne offrit d'échanger un morceau de peau de cheval gelée contre le colt qui, en compagnie du grand couteau de chasse, pendait à la hanche de Hal. Cette peau, prélevée six mois auparavant sur un cheval décharné, ne représentait pas une nourriture bien substantielle. De plus, le gel l'avait rendue cassante comme du fer galvanisé. Quand un chien essayait de l'avaler, elle se transformait dans son estomac en une masse humide et mêlée de poils, irritante et indigeste.

En dépit de toutes ces épreuves, Buck continuait à cheminer en tête. Il allait d'un pas trébuchant, comme dans un cauchemar. Quand il pouvait, il tirait. Lorsqu'il ne s'en sentait plus capable, il tombait et restait sur place. Mais, bientôt, une grêle de coups de fouet ou de gourdin le contraignait à se redresser. Son magnifique pelage avait perdu tout éclat. Ses poils pendaient, mêlés de sang coagulé aux endroits où Hal avait coutume de le frapper. Ses muscles n'étaient plus que des cordes noueuses. Sa chair avait si bien fondu que, sous sa peau flasque, on pouvait lui compter les côtes et tous les os du squelette. Mais, sous cette carcasse navrante, le cœur demeurait indomptable. Naguère, l'homme au sweater rouge s'en était bien aperçu!

Il en allait de même pour ses compagnons. Avec Buck, ils formaient un attelage de sept squelettes ambulants! Dans leur déchéance, ils ne sentaient même plus la morsure du fouet ou la meurtrissure du bâton. La souffrance ne leur parvenait qu'amortie. Le même phénomène se produisait pour les sons. Quant aux objets, ils ne les discernaient qu'à travers un brouillard. Ils vivaient à peine, d'une existence ralentie. Ils n'étaient plus que des sacs d'os où clignotait une étincelle. A chaque halte, ils s'effondraient entre les traits comme des cadavres. L'étincelle devenait alors de moins en moins brillante, espaçait ses clignotants, menaçait de s'éteindre. A ce moment, le fouet claquait, le bâton s'abattait. L'étincelle retrouvait un peu d'éclat, se remettait à clignoter. Les chiens se relevaient et reprenaient leur calvaire.

Un jour, le brave Billy tomba et ne put se redresser. Hal n'avait plus de revolver. Il prit une hache, fendit le crâne de l'agonisant et, après avoir coupé les traits, il le traîna à l'écart. Buck et ses compagnons avaient tout vu. Ils surent ainsi le sort qui les guettait. Le lendemain, ce fut le tour de Koona. Dès lors, il ne resta que cinq chiens : Joe, trop épuisé pour être encore méchant ; Pike, boiteux et si inconscient qu'il ne lui venait plus à l'idée de jouer la comédie ; Sollek, le borgne, fidèle à son devoir et désespéré de ne plus avoir assez de force pour l'accomplir ; Teek, qui, contrairement aux autres, n'avait commencé de voyager que bien après le début de l'hiver et qui, de ce fait, manquait de résistance et était le plus abattu de tous ; Buck enfin, toujours chien de tête.

Il avait renoncé à imposer une discipline, car, rendu presque aveugle par la faiblesse, il voyait de plus en plus mal le dessin de la piste et ne le suivait que par les sensations que ses pattes lui transmettaient.

En ce début de printemps, le temps était superbe. Mais, pas plus que les chiens, les hommes ne s'en apercevaient. Chaque jour, le soleil se levait plus tôt et se couchait plus tard. L'aube commençait de poindre à trois heures du matin. Le crépuscule se prolongeait jusqu'à neuf heures du soir. Dans l'intervalle, tout était lumière éblouissante. Le sombre silence hivernal avait fait place au grand murmure printanier de la vie qui s'éveille. Ce puissant et joyeux murmure s'élevait de tous côtés. Il provenait de ce qui, déjà vivant, était resté plongé dans un sommeil comparable à la mort durant les longs mois de gel et se remettait soudain en mouvement. La sève montait dans les sapins. Des bourgeons s'arrondissaient aux branches des trembles et des saules. Les arbustes et les plantes grimpantes s'enveloppaient d'une brume vert tendre. La nuit, les grillons chantaient. Le jour, on entendait ramper dans les fourrés des bêtes qui se hâtaient vers les clairières ensoleillées. Dans la forêt, des perdrix se levaient sur vos pas, s'envolaient comme des flèches. Des piverts tambourinaient du bec contre les arbres. Les écureuils babillaient. Les oiseaux chantaient. Et, haut dans le ciel, les oies sauvages, venant du sud, passaient en d'immenses triangles qui déchiraient l'azur.

Sur toutes les pentes, l'eau courait. Des fontaines invisibles faisaient entendre leur musique. Partout, la glace fondait, craquait. Le Yukon brisait la carapace qui l'immobilisait. Il la soulevait par le dessous, tandis que le soleil en amincissait la surface. Des trous d'air se formaient, des fissures se dessinaient, s'élargissaient. Des blocs énormes s'enfonçaient. Et, dans cette symphonie de toute la nature à son réveil, dans cette explosion de l'allégresse printanière, deux hommes, une femme et leurs chiens cheminaient courbés en avant, comme s'ils marchaient à la mort.

Les chiens tombaient. Mercédès pleurait, exigeait de se reposer un peu sur le traîneau. Les yeux humides de Charles semblaient perdus dans un songe. Personne ne prêtait plus la moindre attention aux jurons de Hal.

Les voyageurs étaient dans une situation plus dramatique que jamais, lorsqu'ils pénétrèrent, à l'embouchure de la White River, dans le camp de

John Thornton. Dès qu'ils furent arrêtés, les chiens s'écroulèrent et ne bougèrent plus, respirant à peine. Mercédès essuya ses larmes et regarda John Thornton. Charles choisit, pour siège, un rondin. Il s'assit lentement, car toutes ses articulations étaient ankylosées. Ce fut Hal qui prit la parole. John Thornton était en train d'achever de façonner au couteau un manche de hache taillé dans une branche de bouleau. Il continua son travail. Mais il écoutait, répondait par monosyllabes. Et, quand on lui eut demandé son avis, il le donna, sans ambages. Des gens comme ceux-là, il en avait vu bien souvent. Il savait qu'on ne l'écouterait pas. Il conseilla, entre autres, de ne plus continuer à cheminer sur la glace « pourrie ». Hal répondit :

« On nous a déjà dit hier que la glace risquait de s'effondrer et qu'il valait mieux nous arrêter. »

Il ajouta, cette fois avec un ricanement et un air de triomphe :

« On nous a dit aussi que nous n'arriverions jamais à la White River. Pourtant, nous y sommes !

— On vous a dit la vérité, répliqua John Thornton. Le fond peut céder à tout moment. Pour réussir, il fallait une chance aveugle, celle que seuls possèdent les imbéciles. Croyez-en mon expérience : je ne risquerais pas ma peau sur cette glace pour tout l'or de l'Alaska.

— Parce que vous n'êtes pas un imbécile, bien sûr, lança Hal. D'ailleurs, peu importe. Nous allons continuer jusqu'à Dawson. »

Sur ces mots, il déroula son fouet :

« Debout, Buck! Allons, tout le monde debout! »

Thornton se remit à façonner son manche de hache. A quoi bon, songeait-il, essayer de retenir un imbécile, s'il est bien décidé à commettre une imbécillité? Deux ou trois imbéciles de moins n'ont jamais empêché la terre de tourner.

Mais l'attelage refusait de se lever. Il ne comprenait plus, depuis longtemps, que le langage des coups. Impitoyable, le fouet cinglait à droite et à gauche. John Thornton serrait les lèvres. Sollek fut le premier à obéir. Teek l'imita. Joe se redressa avec des gémissements de souffrance. Pike fit deux essais infructueux et ne réussit qu'au troisième. Buck, lui, ne bougeait pas. Il restait immobile à l'endroit même où il était tombé. La lanière s'acharna sur lui. Pas un jappement de protestation, pas un mouvement. A plusieurs reprises, John Thornton ouvrit la bouche, puis se ravisa. A mesure que le fouet continuait à siffler, ses yeux se mouillaient. Enfin, il abandonna son travail et se mit à marcher de long en large, d'un pas irrésolu.

Pour la première fois, un instinct obscur poussait Buck à résister à la fureur de Hal. Celui-ci échangea son fouet contre le gourdin dont il faisait souvent usage. Les coups commencèrent à pleuvoir. Buck refusa de bouger. Comme ses compagnons, il était vidé de toute force. Mais, contrairement à eux, il avait décidé de ne pas même tenter de se lever. Il avait le sentiment vague d'une catastrophe imminente. Ce sentiment, qui s'était formé en lui au moment où il avait hissé le traîneau sur la rive de la White River, ne l'avait plus quitté depuis lors. D'ailleurs, toute la journée, en cheminant sur la glace trop mince, en pleine fonte, il avait redouté un accident, un désastre...

Non, il ne bougerait pas. Il avait tant souffert, il était si las, que les coups le laissaient presque insensible. Et, tandis qu'ils continuaient au même rythme, à la même cadence, la petite étincelle au fond de son être clignotait avec une lenteur croissante, de plus en plus faiblement. Bientôt, elle serait éteinte. Il éprouvait un engourdissement étrange. Il se rendait compte qu'on le battait. Mais cette certitude lui parvenait d'une grande distance. Sa souffrance s'espaçait, devenait de moins en moins perceptible. Il ne sentait presque plus rien et n'entendait que le bruit sourd du gourdin sur son corps... A vrai dire, s'agissait-il vraiment de son corps ? Il paraissait si lointain !

Puis, soudain, avec un cri inarticulé, presque le cri d'un animal, John Thornton se jeta sur l'homme qui maniait le gourdin. Hal fut projeté en arrière, comme si un arbre s'était abattu sur lui. Mercédès hurla. Charles, les yeux vagues, regardait le spectacle. Mais, sans doute toujours ankylosé, il resta assis.

John Thornton s'approcha de Buck. Il essayait de se dominer. La colère l'empêchait de parler. Enfin, il réussit à dire d'une voix étranglée :

« Si vous frappez encore ce chien, je vous tue !

— Il m'appartient, répliqua Hal en essuyant le sang qui coulait de sa bouche. Enlevez-vous de mon chemin. Sinon, c'est moi qui vous tuerai ! Je vais à Dawson. »

John Thornton se tenait entre Hal et Buck, et il n'avait pas l'intention de bouger. Hal tira de la gaine son couteau de chasse. De nouveau, Mercédès hurla. Puis elle cria, éclata de rire, donna tous les signes d'une crise de nerfs. John Thornton leva son manche de hache, l'abattit sur la main de Hal. Celui-ci ouvrit ses doigts, laissa tomber le couteau. Comme il voulait le ramasser, John Thornton lui donna un deuxième coup, lui écorchant les jointures. Après quoi, il ramassa lui-même le couteau et, promptement, trancha les traits de Buck.

Hal n'avait plus assez d'énergie pour continuer le combat. Et puis, il avait trop à faire avec sa sœur. Il la secouait, tentait de la calmer. Quant à Buck... un chien à l'agonie !... Inutile d'essayer de le récupérer. Il ne pouvait plus servir à rien.

Quelques minutes plus tard, les voyageurs s'éloignèrent vers la White River. Buck les entendit. Il leva la tête et les suivit du regard. Pike conduisait l'attelage. Sollek était placé en queue. Joe et Teek occupaient l'intervalle. Tous boitaient et trébuchaient contre les moindres obstacles. Hal guidait le traîneau. Mercédès s'était de nouveau hissée sur le chargement, et Charles clopinait en arrière-garde.

Tandis que Buck restait tourné vers eux, John Thornton s'agenouilla près de lui et, de ses grosses mains habiles, il le palpa. Il fut étonné : pas une fracture, mais de nombreuses traces de coups et cette maigreur due à une terrible sous-alimentation !

Déjà, les voyageurs avaient parcouru quatre cents mètres sur la surface gelée de la White River. Tandis qu'ils continuaient à s'éloigner, Buck n'était pas seul à les observer. John Thornton avait tourné la tête dans leur direction. Soudain, la partie postérieure du traîneau s'abaissa, comme dans une ornière. Hal aurait été projeté en l'air s'il ne s'était cramponné à la barre horizontale. Mercédès jeta un cri déchirant. Charles fit demi-tour pour se sauver. Il n'alla pas loin ! Une gigantesque plaque de glace céda, et tout disparut : les deux hommes, la femme et les chiens. Il n'y eut plus qu'un trou béant. La glace pourrie avait cédé au beau milieu de la piste.

John Thornton et Buck se regardèrent.

« Tu as eu bien du malheur », dit Thornton.

Buck lui lécha la main.

6

POUR L'AMOUR D'UN HOMME

Au mois de décembre précédent, John Thornton avait eu les pieds gelés. Ses associés l'avaient installé confortablement, pour qu'il se rétablît dans de bonnes conditions, puis ils étaient partis. Ils avaient mission de remonter la rivière pour aller chercher un train de bois flottants destiné à la ville de Dawson.

A l'époque où il recueillit Buck, John Thornton boitait encore légèrement. Mais le beau temps, la tiédeur de l'atmosphère ne tardèrent pas à parachever sa guérison. Quant à Buck, il restait du matin au soir (et les jours étaient longs) couché au bord de la rivière. Il regardait l'eau courir et prêtait une oreille plus ou moins attentive aux chants des oiseaux et aux murmures de la nature. Petit à petit, il retrouvait sa vigueur.

Le repos est toujours le bienvenu après un voyage de près de cinq mille kilomètres. Buck devenait paresseux à mesure que ses blessures se cicatrisaient, que ses muscles retrouvaient leur relief, que la chair recouvrait de nouveau son squelette. Il est vrai que chacun, au camp, flânait plus ou moins. Chacun, c'est-à-dire Buck (déjà cité), mais aussi John Thornton, Skeet et Nig. On attendait le train de bois qui emporterait tout le monde à Dawson. Skeet était une petite chienne setter irlandais. Tout de suite, elle avait accueilli Buck avec de grandes démonstrations d'amitié. Mais, presque mourant, comment aurait-il répondu à ses avances ? Elle avait, comme certains de ses semblables, l'instinct de soigner. Et, de même qu'une chatte lave à coups de langue ses chatons, elle nettoyait les blessures de Buck. Chaque matin, dès qu'il avait englouti sa pâtée, elle accomplissait cette tâche qu'elle semblait s'être imposée. Si bien qu'au bout de quelques jours, Buck, de son propre mouvement, vint solliciter ses soins, comme il sollicitait ceux de John Thornton. Nig, très amical lui aussi, bien que moins démonstratif, était un énorme chien noir, moitié limier, moitié chien courant. Il avait l'œil rieur et un bon caractère inaltérable.

Buck constata avec surprise que ces nouveaux compagnons n'étaient pas jaloux de lui. Ils semblaient posséder la même douceur et la même générosité que leur maître. Dès qu'il tint sur ses pattes, Buck se laissa entraîner par eux à des jeux un peu ridicules, auxquels John Thornton finissait toujours par se joindre. Et, pour le convalescent, ces bousculades, ces batailles pour rire furent comme une initiation à sa nouvelle existence. Il découvrait aussi un sentiment qu'il ignorait : l'amour, un amour passionné, total, bien au-dessus de l'amitié. Il n'avait rien connu de semblable chez le juge Miller, dans l'éblouissante vallée de Santa Clara. Avec les fils du juge, il chassait, faisait de longues promenades. Il était à la fois leur associé et leur employé. Près des petits-enfants du juge, il tenait le rôle de gardien, et il était très conscient de son importance. Enfin, près du juge lui-même, il représentait l'ami majestueux et plein de dignité. Mais seul John Thornton avait su allumer en lui un amour fiévreux, brûlant, qui était adoration et folie.

Cet homme lui avait sauvé la vie. C'était déjà quelque chose. Il possédait aussi toutes les qualités du maître idéal. Certains veillent au bien-être de leurs chiens, par devoir ou par nécessité professionnelle. John Thornton, lui, soignait les siens comme s'ils avaient été ses enfants, parce que c'était plus fort que lui, parce qu'il ne pouvait faire autrement. Et ce n'était pas tout. Il ne manquait jamais de vous dire un mot aimable ou encourageant. Il s'asseyait à votre côté et commençait avec vous une conversation qui était un plaisir intense pour l'un comme pour l'autre...

Il prenait la tête de Buck dans ses mains rugueuses. Ou bien il posait sa propre tête contre celle de Buck, et lui imprimait un mouvement de va-et-vient, en lui donnant toutes sortes de noms, dont quelques-uns étaient très grossiers, mais que Buck écoutait avec ravissement, comme des mots d'amour. Buck ne connaissait pas de joie plus profonde que cette étreinte robuste, accompagnée d'un murmure ininterrompu de jurons. Et, à chaque secousse du mouvement de va-et-vient, pourtant bien différent d'une berceuse, il lui semblait que l'extase devenait vraiment trop forte, que son cœur allait éclater.

Libéré, il se redressait d'un bond. Un rire retroussait ses babines. Ses yeux étaient éloquents, des sons étranges roulaient au fond de sa gorge. Et il restait là, immobile. Au bout d'un moment, John s'exclamait :

« Vraiment, il ne te manque que la parole ! »

Pour témoigner son amour, Buck faisait presque souffrir. C'était une façon à lui. Souvent, il saisissait dans sa gueule la main de John et serrait si fort que la marque de ses crocs restait longtemps imprimée dans la chair. Et, de même qu'il considérait des jurons comme des mots d'amour, de même John Thornton recevait cette feinte morsure comme une caresse.

Cependant, la plupart du temps, Buck était plus discret. Bien sûr, il devenait fou de bonheur quand le maître le touchait ou lui adressait la parole. Mais il ne recherchait pas ces signes d'affection. Skeet avait coutume de pousser son museau sous la main de John, vingt fois s'il le fallait, jusqu'à ce que celui-ci lui froissât les oreilles. Nig s'approchait lentement et posait sa grande tête sur le genou du maître. Buck, lui, se contentait d'adorer à distance. Une heure durant, impatient, vigilant, il restait couché aux pieds de l'homme. Il ne le quittait pas du regard, étudiait son visage, ses expressions les plus fugaces, le moindre jeu de ses traits. Ou bien, posté à quelques mètres, dans un coin, il surveillait la silhouette de John Thornton, ses gestes, ses déplacements. Et, entre eux, la communion était si étroite que, très souvent, l'homme, comme attiré par un aimant, se tournait vers le chien et lui rendait regard pour regard, sans un mot. L'amour se reflétait alors dans leurs yeux.

Après son sauvetage, pendant assez longtemps, Buck ne supporta pas que John Thornton disparût, même un court instant, du champ de sa vision. Il le suivait quand il sortait de la tente. Et il le raccompagnait, après être resté sur ses talons pendant toutes ses allées et venues. Depuis son arrivée dans le Grand Nord, il avait perdu plusieurs maîtres. Celui-là disparaîtrait-il comme Perrault et François, ou comme l'Écossais ? La nuit, dans ses rêves, il était obsédé par cette crainte. Il s'arrachait alors au sommeil, rampait jusqu'à la tente et, entre chaque vague de vent froid, il écoutait le souffle régulier de l'homme.

Cependant, malgré son amour pour John Thornton, dû peut-être à l'influence de la société raffinée qu'il avait connue, quelque chose restait actif et bien vivant au fond de lui-même : un sentiment que le contact avec le Grand Nord avait réveillé en lui, la certitude profonde de sa race, de ses origines lointaines. Certes, animal longtemps civilisé, il demeurait capable de fidélité et de dévouement. Mais, dans les replis de son être, bouillonnaient une sauvagerie latente et tous les désirs inspirés par la ruse. Il appartenait au monde des primitifs. C'était en primitif qu'il était venu s'asseoir au foyer de John Thornton, et non en chien du Sud portant les marques de la civilisation si bien assimilée par maintes générations de ses ancêtres. Il aimait John Thornton et était incapable de lui dérober quoi que ce fût. Avec un autre homme, dans un autre camp, il n'aurait pas hésité une seconde. D'autant plus qu'il savait pratiquer le vol avec des astuces qui le mettaient à l'abri de tout soupçon.

Sa tête et son corps montraient les traces de nombreuses morsures. Car il se battait aussi férocement que jamais et avec plus d'habileté. Il ne lui serait jamais venu à l'idée de chercher querelle à des pacifiques comme Skeet et Nig. Mais, lorsqu'un chien inconnu surgissait, Buck, quelles que fussent l'origine et la bravoure du nouveau venu, lui faisait promptement sentir son autorité. Et, si cela ne suffisait pas, il le contraignait à accepter un combat impitoyable. Ayant appris la loi du gourdin et des crocs, il ne s'arrêtait jamais à mi-chemin, il ne lâchait jamais prise quand il pouvait achever un adversaire. En cela, il imitait Spitz et les nombreux chiens du service postal et de la police qu'il avait pu observer. Pour lui, un combat ne pouvait se terminer que par la victoire ou la mort. Pas de milieu. Quant à la pitié, ce n'était qu'une faiblesse. Elle n'existait pas dans le monde sauvage. Elle était sœur de la peur. Ce malentendu conduisait droit à la mort. Tuer ou être tué, manger ou être mangé : telle était la loi. Elle venait de très loin, de la nuit des temps, Buck s'y conformait.

Il était infiniment plus vieux que son âge. Il reliait le passé au présent. Des millénaires le précédaient et imprimaient à la source du sang dans ses veines un rythme puissant, semblable à celui des marées et des saisons.

Poitrine large, crocs très blancs, pelage long, il somnolait près du feu de camp de John Thornton. Mais il n'était pas seul. Il y avait autour de lui, allant et venant comme des ombres, tous ses prédécesseurs, vrais loups ou demi-loups, animaux nerveux, ardents. Comme eux, il savait savourer la viande qu'il mangeait, apprécier l'eau dont il se désaltérait, flairer le vent, interpréter les bruits venant des forêts, imposer sa volonté, rester maître de ses actes. Ses ancêtres étaient encore près de lui lorsqu'il s'allongeait pour dormir, lorsqu'il rêvait. Ils étaient même souvent les héros de ses rêves.

Leur présence était si pressante que Buck, chaque jour, oubliait un peu plus ses obligations à l'égard de l'espèce humaine. Un appel venait souvent du fond de la forêt. Chaque fois qu'il entendait cette voix mystérieuse et troublante, il se croyait tenu de se détourner du feu et de la terre battue qui l'environnait. Il s'enfonçait dans la forêt, errait çà et là entre les arbres. Où allait-il ? Pourquoi avait-il quitté le camp ?

Et pourquoi cet appel étrange? Mais, la plupart du temps, dès qu'il pénétrait dans la pénombre verte, dès qu'il foulait l'humus élastique, il se souvenait de son amour pour John Thornton, et il revenait sur ses pas.

John Thornton comptait seul pour lui. Les autres hommes : poussière. Parfois, des voyageurs de passage s'extasiaient sur sa beauté, lui donnaient une caresse. Il restait impassible. Et, lorsqu'un voyageur se montrait trop démonstratif, il pivotait sur lui-même et s'éloignait. Quand Hans et Peter, les associés de John Thornton, arrivèrent enfin sur le radeau, Buck refusa d'abord de leur accorder la moindre attention. Puis il comprit le lien qui les unissait à son ami. Alors, il les toléra, de façon d'ailleurs assez passive. Il acceptait de leur main des friandises, mais en se donnant l'air de leur faire un grand honneur.

Physiquement, Peter et Hans étaient aussi larges d'épaules que John. Des réalistes, collant au concret, voyant clair et pensant simplement. Bien avant d'avoir arrêté leur radeau dans l'immense remous qui scintillait devant la scierie de Dawson, ils avaient compris Buck et ses réactions. Ils savaient qu'ils ne feraient jamais sa conquête aussi facilement que celle de Skeet et de Nig.

Cependant, l'amour de Buck pour son maître ne cessait de croître. Durant leurs voyages d'été, seul John Thornton eut le droit de lui attacher un chargement sur le dos. Quand il ordonnait, Buck était prêt à tous les sacrifices.

Un jour, après avoir empoché une avance sur le bois de flottage et quitté Dawson pour le cours supérieur de la Tanana, les trois hommes et les chiens se reposaient au sommet d'une falaise haute d'une centaine de mètres qui tombait à pic sur un fouillis de rochers. John Thornton et Buck étaient assis au bord, côte à côte. Pourquoi John céda-t-il soudain à tel caprice ? En tout cas, il attira d'un geste l'attention de Hans et de Peter. Puis, montrant le gouffre à Buck :

« Saute ! »

Buck sauta. John, affolé, plongea pour le rattraper. Un instant après, ils étaient l'un et l'autre cramponnés au bord du gouffre, le corps dans le vide. Hans et Peter les hissèrent sur la falaise. Quand tout le monde eut retrouvé son souffle, Peter murmura :

« C'est tout de même pas ordinaire, cette obéissance ! »

John secoua la tête :

« Dis plutôt que c'est splendide ! Terrible aussi. Quelquefois, ça me fait peur. »

Peter désigna Buck du doigt :

« Je plains l'homme qui t'attaquera, si ce chien est dans le secteur.

— Moi aussi, je le plains ! s'exclama Hans. J'voudrais pas être à sa place ! »

Ce fut à Circle City, avant la fin de l'année, que les craintes de Peter furent justifiées. Dans un bar, un certain Burton, réputé pour son mauvais caractère et sa brutalité, se prit de querelle avec un nouveau venu dans le pays. John Thornton s'interposa. Il voulait seulement arranger les choses. Buck était couché dans un coin, la tête sur les pattes, et, selon son habitude, il ne quittait pas son maître du regard. Sans avertir, Burton décocha à John Thornton un direct d'autant plus efficace qu'il venait de l'épaule. John tourna sur lui-même. Il serait tombé s'il ne s'était cramponné à la rampe du bar.

Les spectateurs entendirent un bruit qui n'était ni un aboiement ni un jappement, mais plutôt un rugissement. Et ils virent Buck se dresser de toute sa hauteur et sauter à la gorge de Burton. Celui-ci ne dut son salut qu'à un réflexe. Il se protégea avec l'un de ses bras. Mais il fut précipité à la renverse sur le plancher. Buck s'abattit sur lui, lâcha le bras dans lequel il avait planté ses crocs et essaya de nouveau d'atteindre la gorge. Cette fois, Burton n'eut pas le temps de se protéger. Il eut la gorge déchirée assez profondément. Cependant, quelques spectateurs se ruaient sur Buck. Unissant leurs efforts, ils l'arrachèrent à sa proie. Peu après, tandis qu'un médecin stoppait l'hémorragie, Buck se mit à arpenter la salle avec des grondements furieux. A plusieurs reprises, il tenta même de revenir à la charge. Chaque fois, cinq ou six gourdins menaçants le tinrent à distance.

Enfin, une sorte de tribunal se réunit et examina l'affaire. Il était composé de mineurs, lesquels, après en avoir délibéré, déclarèrent que le chien avait été provoqué et ne pouvait donc être considéré comme coupable. Buck, acquitté, partit tranquillement avec son maître. Mais sa réputation était solidement établie et se répandait dans tous les camps de l'Alaska.

Plus tard, vers la fin de l'année, dans des circonstances bien différentes, Buck arracha John Thornton à la mort. Les trois associés faisaient descendre à un étroit et long bateau le cours de la rivière Forty-Mile, semé de dangereux rapides. Restés à terre, Hans et Peter longeaient lentement la rive. Ils étaient munis d'une corde de chanvre assez mince. Ils la passaient autour d'un arbre, puis d'un autre, et ainsi de suite. John était sur le bateau. Il le guidait au moyen d'une perche. De temps en temps, il lançait des instructions à ses associés. Buck, lui, trottait sur la rive. Nerveux, inquiet, il ne quittait pas son maître du regard.

Il y avait, à un endroit particulièrement périlleux, un groupe de rochers qui se dressaient à la surface de la rivière. Hans détacha la corde et, tandis que John poussait le bateau au large des rochers, il courut sur la rive. Il avait l'intention de reprendre, grâce à la corde, le contrôle de l'embarcation dès qu'elle aurait dépassé les rochers. Malheureusement, il tira sur la corde trop fort et trop vite. Le bateau, lancé dans un courant violent, se cabra sous le choc, chavira et fila, quille en l'air, vers la rive. Quant à John Thornton, projeté à quelques mètres, il fut emporté comme un fétu vers une portion des rapides considérée comme la plus redoutable : des tourbillons tumultueux, déchaînés, auxquels aucun nageur ne pouvait résister.

Mais, sur-le-champ, Buck avait sauté dans la rivière.

Après s'être laissé entraîner sur une distance de trois cents mètres, il réussit à rattraper son maître au milieu d'un bouillonnement furieux. Dès qu'il sentit que John s'était agrippé à sa queue, il fit demi-tour, nageant de toute sa puissance. Il progressait lentement, car le courant contre lequel il luttait était très rapide et surtout d'une force irrésistible. Derrière lui, il entendait l'eau rugir, puis se briser contre des rochers semblables aux dents d'un peigne gigantesque. John se sentait aspiré dans les profondeurs. Il comprit qu'il fallait renoncer à atteindre la rive. Après avoir été projeté contre trois rochers successifs, il lâcha Buck et saisit dans ses mains le sommet glissant du quatrième. Puis, pour dominer le tintamarre des tourbillons, il hurla :

« Va-t'en, Buck! Va-t'en! »

Mais Buck n'en pouvait plus. Il se laissa emporter, lutta pour remonter à la hauteur de son maître. En vain! Quand il entendit John Thornton répéter le même ordre : « Va-t'en, Buck! Va-t'en! », il se dressa autant qu'il le pouvait au-dessus de la surface, leva haut la tête, comme s'il voulait regarder une dernière fois l'homme qu'il aimait. Après quoi, obéissant, il se dirigea vers la terre. Hans et Peter le hissèrent sur la rive, à l'instant où il commençait à fléchir et était sur le point de se laisser couler.

Les deux associés du maître savaient qu'un homme accroché à un rocher gluant ne peut résister plus d'une minute aux assauts acharnés d'un rapide. Aussi vite qu'ils le pouvaient, ils remontèrent, suivis de Buck, jusqu'à un endroit où ils dominaient d'une

hauteur de plusieurs mètres le rocher auquel se cramponnait John. Ils passèrent la corde qui leur avait servi à freiner le bateau autour du cou et des épaules de Buck. Ils prirent le maximum de précautions. Cette corde ne devait l'empêcher ni de respirer ni de nager. Lorsque tout fut au point, ils lui dirent de sauter. Buck s'exécuta sans hésiter. Mais il n'avait pas sauté assez en amont. Il s'aperçut trop tard de son erreur. Il vit son maître exactement à sa hauteur. Et, déjà emporté par le courant, il s'éloignait du rocher.

Promptement, Hans tira sur la corde et commença de le haler, comme un bateau. Buck s'enfonça sous la surface, et il y resta jusqu'au moment où, après avoir heurté le bord de la rivière, on le hissa de nouveau sur la rive. Il suffoquait, presque noyé. Hans et Peter se jetèrent sur lui, l'aidèrent à retrouver sa respiration, à se débarrasser de l'eau qui l'étouffait. Buck se redressa, puis retomba. John lançait des appels rendus incompréhensibles par le fracas du rapide. Mais il était clair qu'il n'en pouvait plus.

Sa voix agit sur Buck comme une décharge électrique. Il se dressa et, suivi des deux hommes, il galopa jusqu'à l'endroit où avait eu lieu la première manœuvre. On lui repassa la corde autour des épaules et du cou. Il sauta, cette fois bien en amont. Il ne recommencerait pas la même erreur ! Hans laissa filer la corde, en la gardant légèrement tendue. Peter veillait à ce qu'elle ne formât ni boucles, ni nœuds. Buck attendit d'être placé exactement devant John. Alors, il se retourna et, à la vitesse d'un express, il se laissa porter droit sur son maître. Celui-ci le vit arriver, entraîné par toute la force du courant. Il eut l'impression d'être chargé par un bélier. Le choc fut assez rude. Mais John ne perdit pas une seconde. Il jeta ses deux bras autour du cou de Buck, dans l'épaisse collerette. Hans passa la corde autour d'un arbre et tira. Immédiatement, Buck et son maître s'enfoncèrent. Ils étouffaient, suffoquaient. Parfois, ils roulaient l'un sur l'autre. Ils s'écorchaient sur le fond semé de pierres coupantes, heurtaient des rochers au passage, s'arrêtaient, repartaient en zigzag vers la rive.

Quand John revint à lui, il était couché sur le ventre, pas sur le sol, mais sur un rondin auquel Hans et Peter imprimaient un mouvement de bascule. Il chercha Buck du regard et le découvrit à quelques mètres. Buck était apparemment sans vie. Près de lui, Nig poussait vers le ciel un hurlement continu. Skeet léchait sa tête mouillée et ses paupières fermées. John Thornton, malgré ses meurtrissures et son épuisement, descendit du rondin, s'approcha de Buck et le palpa avec précaution. Il trouva trois côtes cassées.

« Puisque c'est comme ça, annonça-t-il, nous camperons ici. »

Ils s'installèrent donc sur la rive, mais ils y restèrent jusqu'au jour où Buck fut rétabli et capable de reprendre le voyage.

Cet hiver-là, à Dawson, Buck accomplit un autre exploit peut-être moins héroïque, mais qui le fit monter de quelques degrés encore dans l'admiration de la foule. Cet exploit fut particulièrement utile aux trois hommes, car il leur permit de se procurer le matériel dont ils avaient besoin et de se diriger, comme ils en avaient depuis longtemps le projet, vers une région vierge de l'Est, une région où les chercheurs d'or avaient été jusque-là très peu nombreux.

Tout commença par une conversation dans un saloon, l'*Eldorado*. Chacun vantait les qualités de son chien. En même temps, on essayait de déprécier Buck, dont on connaissait pourtant la valeur. S'estimant tenu de prendre sa défense, John Thornton se mêla à la conversation. Au bout d'une demi-heure, un client du saloon déclara que son chien était capable de tirer un traîneau portant un chargement de deux cent cinquante kilos. Un deuxième affirma :

« Le mien tire trois cents kilos en s'amusant. »

Puis un troisième, nommé Matthewson, grand propriétaire terrien :

« Pour le mien, trois cent cinquante kilos, c'est un jeu.

— Peuh ! fit John, Buck est capable de faire démarrer un chargement de cinq cents kilos.

— Et de parcourir... disons... cent mètres ?

— Parfaitement », répliqua John avec froideur.

Après avoir réfléchi un instant, Matthewson déclara en élevant la voix et en articulant bien, pour être entendu de tout le monde :

« Je suis prêt à parier le contraire. Mille dollars ! »

Et il posa sur le bar un sac en forme de saucisson, bourré de poudre d'or.

Chacun, dans la salle, garda le silence. On se demandait si le maître de Buck n'avait pas bluffé. Auquel cas, il était pris au piège.

John Thornton sentit le sang lui monter au visage. Sa langue venait de lui jouer un bien mauvais tour ! Cinq cents kilos... une demi-tonne. Effrayant ! Il avait grande confiance en Buck. Souvent, il l'avait cru assez fort pour tirer un chargement de ce poids. Mais il ne s'agissait que d'une pensée en l'air. Tandis que là, dans cette salle, devant ces hommes — ils étaient au moins une douzaine — qui le regardaient fixement, sans un mot ! En outre, il ne possédait pas mille dollars, Hans et Peter non plus.

« Si c'est la question du chargement qui vous gêne, reprit Matthewson avec une franchise brutale, j'ai dehors un traîneau avec, dessus, vingt sacs de vingt-cinq kilos de farine. Ça fait cinq cents kilos, si je sais compter ? »

John Thornton ne répondit pas. D'ailleurs, qu'aurait-il pu répondre ? Il regardait les visages l'un après l'autre, avec l'expression d'un homme dont le cerveau s'est arrêté et qui cherche à remettre le mécanisme en marche. Soudain, devant lui, un visage lui parut familier. Oui, il se souvenait : Jim O'Brien, un vieux camarade. Ce fut, dans son cerveau, comme un déclic, et il fit ce qu'il n'aurait jamais osé faire.

« Jim, murmura-t-il, peux-tu me prêter mille dollars ?

— Bien sûr, John », répondit l'autre en plantant sur le sol, aux pieds de John Thornton, un sac gonflé de poudre d'or.

En un éclair, l'*Eldorado* se vida. Les tables et le bar furent abandonnés. Tout le monde voulait assister au spectacle et parier. Bientôt, plusieurs centaines d'hommes, vêtus de fourrures, gantés de grosses moufles, accoururent de partout et s'assemblèrent dans la rue.

Le traîneau de Matthewson était au milieu de la chaussée depuis deux heures. Par l'action du froid intense (dix-sept degrés au-dessous de zéro), ses patins s'étaient soudés à la neige durcie. Quelques hommes parièrent à deux contre un que Buck ne parviendrait pas à les décoller. Une discussion s'éleva : John Thornton avait-il dit que son chien était capable de « décoller » un chargement de cinq cents kilos ?

« Il a dit "faire démarrer", intervint Matthewson. Et il a ajouté : de parcourir cent mètres. Donc, il faut d'abord qu'il arrache les patins à la glace. »

Matthewson fut approuvé par ceux des badauds qui se trouvaient à l'intérieur du saloon quand John Thornton avait relevé le défi. Conséquence : la cote de Buck baissa. Elle passa à trois contre un.

Silence. Plus de parieurs. Personne ne croyait Buck capable d'un pareil exploit. John Thornton s'était laissé piéger. Il aurait dû prendre le temps de réfléchir. D'ailleurs, maintenant qu'il avait sous les yeux la réalité, c'est-à-dire le traîneau lui-même et ses dix chiens, toujours attelés et couchés dans la neige, la tâche lui apparaissait décidément impossible. Quant à Matthewson, il jubilait.

« Trois contre un ! » annonça-t-il.

Et, se tournant vers John :

« Mille dollars de plus, Thornton ! Qu'est-ce que vous dites de ça ? Ou six cents, si vous préférez ? »

John fronça les sourcils. Un doute terrible le rongeait. Mais, en même temps, sa combativité naturelle se réveillait — cette combativité qui refuse d'admettre les obstacles, les franchit d'un bond et reste sourde à tout, sauf aux clameurs de la bataille. Il fit signe à Hans et à Peter de s'approcher. A eux trois, que possédaient-ils ? En tout deux cents dollars ! Ils n'avaient jamais été aussi pauvres. Pourtant, sans hésiter, ils opposèrent leurs deux cents dollars aux six cents de Matthewson.

Dès qu'on eut détaché les dix chiens, Buck, dans son propre harnais, fut attelé au traîneau. Depuis un moment, il partageait la fièvre générale. Assez confusément encore, il sentait qu'il lui fallait accomplir, pour John Thornton, une grande chose. Quand il apparut, la foule fit entendre des murmures d'admiration. Il était dans une forme parfaite, sans un gramme de chair superflue. Soixante-quinze kilos de vigueur frémissante ! Son pelage épais avait des reflets soyeux. Sa collerette, qui commençait derrière ses oreilles et descendait presque jusqu'à ses épaules, était en repos. Cependant, à ses moindres mouvements, elle se dressait à demi, comme si chacun de ses poils s'animait. Sa large poitrine et ses lourdes pattes antérieures étaient proportionnées au reste de son corps. Ses longs muscles saillants roulaient sous sa peau. Des hommes osèrent les palper. Ils les déclarèrent durs comme du fer. Et la cote baissa : deux contre un.

Un riche propriétaire de mines d'or, émerveillé, toucha le bras de John Thornton :

« Bon Dieu, quelle bête ! Je vous l'achète tout de suite, avant l'épreuve, huit cents dollars. »

John secoua la tête et alla se placer près de Buck. Matthewson protesta :

« Vous n'avez pas le droit. Éloignez-vous. Laissez-lui le champ libre ! »

Le silence devint presque général. On n'entendait plus que la voix de quelques joueurs proposant, en vain :

« Deux contre un... Deux contre un. »

Chacun admettait que Buck était un magnifique animal. Mais, tout de même, cinq cents kilos de farine ! Personne n'avait envie de perdre de l'argent.

John s'agenouilla au côté de Buck. Il lui prit la tête à deux mains, l'appliqua contre son visage. Il ne la balança pas de droite et de gauche, comme il le faisait souvent par jeu, en débitant des jurons affectueux. Il se contenta de murmurer dans l'une des oreilles velues :

« Fais-le pour moi, comme tu m'aimes, comme tu m'aimes ! »

Buck eut un petit gémissement impatient.

La foule regardait, intriguée. L'affaire devenait mystérieuse. Il y avait peut-être de la magie, là-dedans...

Quand John se releva, Buck saisit l'une de ses moufles entre ses mâchoires, y enfonça doucement ses crocs, puis lâcha prise, sans hâte, comme à contrecœur. Ainsi, il répondait au maître, non avec des mots, mais avec l'une des expressions de son amour. John recula d'une vingtaine de pas.

« Maintenant, dit-il, à toi de jouer. »

Buck tendit les traits, puis les détendit de quelques millimètres. C'était la méthode qu'il avait apprise. La voix de son maître résonna dans le silence :

« Continue! »

Buck fonça sur la gauche. Lorsque les traits furent entièrement tendus, une secousse l'arrêta brusquement. Il plongea avec toute la puissance de ses soixante-quinze kilos. Le chargement tressaillit. Et il y eut, provenant de dessous les patins, un craquement sec.

« Continue! » répéta John.

Buck recommença la manœuvre, mais, cette fois, par la droite. Le craquement s'intensifia. Les patins bougèrent, glissèrent. Le traîneau était arraché à la glace! Les spectateurs semblaient ne pas avoir encore compris. Ils retenaient leur souffle.

« Vas-y, Buck! »

L'ordre du maître avait claqué comme la détonation d'un pistolet. Buck se jeta en avant, tendit les traits à les briser. Dans un prodigieux effort, son corps s'était rassemblé, resserré en une seule masse. Ses muscles, sous son pelage, se tordaient, se nouaient comme des serpents. Sa vaste poitrine et sa tête touchaient presque le sol. Ses pattes galopaient sur place, ses griffes creusaient dans la neige durcie des sillons parallèles. Le traîneau oscillait, tremblait, semblait sur le point de démarrer. L'une des pattes dérapa. On entendit un spectateur grogner de déception. Mais, tout à coup, le traîneau fit une embardée suivie d'une rapide succession de secousses. Était-ce tout? Non, car, à partir de ce moment, il ne s'arrêta plus. Il progressait! Quelques centimètres... encore quelques centimètres. Les secousses diminuaient, se faisaient de plus en plus espacées. Puis le mouvement devint enfin continu.

Les spectateurs, bouche bée, retrouvèrent leur souffle. Ils ne savaient pas que, pendant deux ou trois minutes, ils avaient cessé de respirer. John Thornton s'élança dans le sillage du traîneau. Il se mit à encourager Buck de la voix, par quelques mots brefs, stimulants. La distance avait été mesurée avant le début de l'épreuve. Quand Buck fut assez près du tas de bois de chauffage qui indiquait le dernier des cent mètres, une acclamation éclata. Elle se changea en une clameur enthousiaste lorsque, ayant dépassé le tas de bois, Buck, sur l'ordre de son maître, s'arrêta. Chez les spectateurs, ce fut du délire. Tous, même Matthewson, jetaient en l'air leurs bonnets, leurs casquettes, leurs chapeaux, leurs moufles. Ils échangeaient des poignées de main, même avec ceux qu'ils ne connaissaient pas. Et ils bavardaient souvent sans se comprendre, car, originaires de diverses parties du monde, ils employaient des langues différentes.

Mais John s'était agenouillé près de Buck. Il lui avait pris la tête, la pressait contre sa joue, et il la balançait à un rythme régulier. Ceux qui s'approchèrent l'entendirent adresser au chien tout un chapelet de jurons. Mais le ton était doux, fervent, affectueux.

« Puisque vous ne voulez pas me le vendre pour huit cents dollars, dit le riche propriétaire de mines d'or, je vous en offre mille... Ça ne vous suffit pas? Alors, disons mille deux cents? »

John Thornton se redressa :

« Pas question. Vous pouvez aller au diable! C'est tout ce que je peux faire pour vous. »

Buck lui prit la main, la mordilla. John recommença de lui secouer la tête de droite et de gauche. Les spectateurs, obéissant à une inspiration commune, reculèrent à distance respectueuse. Ils n'osaient interrompre cette scène. C'eût été une indiscrétion.

7

L'APPEL

Grâce aux mille six cents dollars que Buck avait gagnés en cinq minutes, John Thornton put régler certaines dettes et partir pour l'Est avec ses associés, à la recherche d'une fabuleuse mine perdue. Beaucoup d'hommes l'avaient recherchée. Aucun ne l'avait trouvée. Plusieurs même n'en étaient jamais revenus. Elle était enveloppée de mystères, imprégnée de tragédies. Personne ne connaissait le premier prospecteur. La tradition la plus ancienne s'arrêtait avant lui. A l'origine, il y avait eu une vieille cabane délabrée. Des mourants avaient juré qu'elle existait. Et, pour corroborer leur témoignage, ils exhibaient des pépites dont l'or était d'un aloi très différent de tout ce qu'on trouvait dans le Grand Nord.

Mais personne n'avait pillé le trésor contenu dans la cabane. Et les morts étaient morts. Telle était la situation quand John Thornton, Peter, Hans, Buck et une demi-douzaine d'autres chiens prirent une piste inconnue, orientée à l'Est. Ils voulaient réussir là où des hommes et des chiens, qui les valaient bien, avaient échoué. Ils remontèrent en traîneau le Yukon sur une distance de cent dix kilomètres, empruntèrent à gauche la Stewart River, dépassèrent la Mayo et la MacQuestion, et continuèrent tout droit, jusqu'à ce que la Stewart, rétrécie, ne fût plus qu'un ruisseau qui se faufilait entre les pics gigantesques formant, en quelque sorte, l'épine dorsale du continent nord-américain.

John Thornton demandait peu à l'homme et à la nature. Il ne craignait pas les régions désertiques. Avec une poignée de sel et un fusil, il s'y enfonçait volontiers. Il subsistait n'importe où, aussi longtemps qu'il lui plaisait. Voyageant sans hâte, à la façon des Indiens, il se procurait sa nourriture par la chasse, sans s'arrêter. Et, s'il ne tuait pas de gibier, il continuait de marcher, toujours à la façon des Indiens, persuadé que tôt ou tard la chance lui sourirait. Durant ce grand voyage vers l'Est, la viande fraîche représentait donc tout le menu quotidien. Le chargement se limitait à des munitions et des outils. Quant à l'avenir, on lui accordait un crédit illimité !

Buck n'avait jamais été aussi heureux. Rien ne lui était plus agréable que de chasser, de pêcher, d'aller sans cesse à l'aventure à travers des pays toujours nouveaux. Pendant des semaines, on marchait jour après jour. Et, pendant des semaines aussi, on campait au même endroit. Les chiens flânaient à leur guise. Les hommes passaient et repassaient au-dessus du feu des poêlons dans lesquels ils avaient mis une sorte de boue. Quelquefois, on restait l'estomac vide. Quelquefois, on faisait de plantureux festins. Tout dépendait des hasards de la chasse.

Puis vint l'été. Hommes et chiens portèrent le chargement sur leur dos, traversèrent sur des radeaux les lacs bleus des montagnes. A bord de fines embarcations taillées dans les arbres des forêts, ils remontèrent ou descendirent le cours de rivières sans nom.

Et, tandis que les mois glissaient, les voyageurs s'enfonçaient dans une immense région qui ne figurait sur aucune carte et où ils n'apercevaient jamais une silhouette humaine. Pourtant, si la cabane existait vraiment, il avait bien fallu que des hommes vinssent dans ce désert.

Ils franchirent plusieurs lignes de partage des eaux, tandis que soufflait autour d'eux le vent glacial d'une tempête de neige, comme il s'en produit souvent l'été. Au sommet de montagnes nues, entre la lisière d'une forêt et des neiges éternelles, ils grelottèrent sous le soleil de minuit. Ils descendirent dans des vallées chaudes où grouillaient mouches et moustiques. Là, dans l'ombre des glaciers, ils cueillirent des fraises et des fleurs aussi belles que celles dont les pays du Sud sont si fiers. Vers la fin de l'année, ils se trouvèrent au seuil d'une étrange contrée, triste et silencieuse, semée de lacs fréquentés jadis par les oiseaux. Maintenant, plus le moindre signe de vie, sauf le sifflement d'une bise froide, des formations de glace aux endroits abrités et les ondulations mélancoliques des vaguelettes sur des grèves solitaires.

Tout un autre hiver, ils cheminèrent en suivant des pistes presque effacées, dues peut-être à des hommes disparus. Un jour, ils tombèrent sur un sentier sans doute très ancien, qui était indiqué par des encoches dans les troncs des arbres. Ils crurent que la cabane était proche. Mais ce sentier, qui ne commençait nulle part, ne finissait nulle part. Il demeura un mystère, tout comme l'homme qui l'avait tracé et les raisons qui l'avaient inspiré. Une autre fois, ils découvrirent une hutte de chasse. Elle était complètement en ruine. Mais cette ruine était en quelque sorte datée. En effet, parmi des débris de couvertures, John Thornton dénicha un fusil à pierre, à canon long. Il savait que cette arme remontait à la fondation de la Compagnie de la Baie d'Hudson, c'est-à-dire aux temps déjà lointains où des chasseurs avaient commencé de fréquenter le Grand Nord, et qu'à cette époque elle valait son poids en peaux de castors desséchées. Pour le reste, pas un renseignement sur l'homme qui avait construit la hutte et abandonné son fusil sous des couvertures.

Au retour du printemps, les voyageurs s'arrêtèrent enfin. Ils n'avaient pas trouvé la cabane, mais, dans une vallée peu profonde, un gisement si abondant que l'or brillait avec des reflets de beurre dans leurs poêlons. A quoi bon aller plus loin ? Chaque jour où ils travaillaient, ils gagnaient des milliers de dollars en pépites ou en poudre. Et ils travaillaient tous les jours ! Ils emplissaient des sacs en cuir d'élan pesant vingt-cinq kilos et les entassaient près de la hutte qu'ils avaient construite avec des branches de sapins. Comme des géants, ils s'acharnaient à l'ouvrage, indifférents au glissement des jours. Ils étaient la proie d'une idée fixe : accroître sans cesse leur trésor.

Les chiens n'avaient rien à faire, sauf de traîner de temps à autre, jusqu'au camp, le gibier abattu par John Thornton. Buck passait de longues heures à rêver devant le feu. Grâce à son inaction, il fut visité plus souvent qu'auparavant par la vision de l'homme velu, aux jambes courtes. A plusieurs reprises aussi, il le suivit, ou crut le suivre, dans cet autre monde dont il gardait le souvenir obsédant.

Le trait saillant de ce monde semblait être la peur. Quand Buck observait l'homme velu dormant près du brasier la tête entre les genoux, les mains croisées sur le crâne, il remarquait son sommeil agité, plein de sursauts. A chaque réveil, l'homme velu scrutait d'abord l'obscurité, puis jetait quelques branches sur les tisons. Lorsqu'il marchait le long d'une grève, il ramassait des coquillages qu'il mangeait immédiatement. Cependant, en même temps qu'il se nourrissait, il surveillait les alentours comme s'il sentait un danger et on le devinait prêt à détaler. Buck le suivait dans des forêts dont, sans bruit, ils foulaient l'humus. Tous deux restaient sans cesse sur leurs gardes. Leurs oreilles tressaillaient, leurs narines étaient agitées d'un frémissement continuel. Chez l'un comme chez l'autre, l'ouïe et l'odorat étaient également développés. L'homme velu pouvait sauter de branche en branche et, par ce moyen, se déplacer aussi vite que sur le sol. Il procédait par bonds très longs, ne manquait jamais une prise, ne tombait jamais. En réalité, il semblait aussi à son aise parmi les arbres que sur la terre. Buck se souvenait de certaines nuits où il avait monté la garde au pied d'un sapin, tandis que l'homme velu sommeillait, cramponné solidement à une branche.

Mais il n'y avait pas que les apparitions de l'homme velu. Il y avait l'appel qui, sans cesse, venait des profondeurs de la forêt. Chaque fois qu'il l'entendait, Buck était la proie d'un grand trouble et de désirs mystérieux. Il éprouvait une joie douce ou bien des élans tumultueux et vagues. Quelquefois, il partait dans la forêt à la poursuite de cette voix étrange. Avec des jappements en sourdine ou, selon son humeur, avec des aboiements de défi, il la cherchait comme s'il s'était agi d'une chose bien réelle. Il plongeait son museau dans la mousse fraîche, il explorait le sol noir où poussent de longues herbes, il reniflait avec allégresse les parfums de la terre. Ou bien, pendant des heures, il demeurait tapi derrière des arbres abattus, gainés de champignons, comme au creux

132

d'une cachette. Les oreilles tendues, les yeux largement ouverts, il surveillait tout ce qui bougeait autour de lui et les moindres bruits. Peut-être espérait-il surprendre au passage cet appel qu'il ne parvenait pas à déchiffrer, comme il aurait surpris un animal. Mais il ignorait pourquoi il agissait ainsi. Il y était contraint, voilà tout. Il ne raisonnait pas.

Parfois, il obéissait à des impulsions irrésistibles. Par exemple, durant les heures chaudes de l'après-midi, il somnolait au milieu du camp. Soudain, il levait la tête, restait un instant les oreilles pointées, puis il se dressait d'un bond, pénétrait au galop dans la forêt, l'explorait de tous côtés, traversait comme une flèche les vastes espaces découverts, hérissés de rochers. Il aimait descendre, toujours à la même allure, le lit asséché d'un ruisseau. Ou bien il s'embusquait dans un buisson et observait les allées et venues des oiseaux à la cime des arbres. Il lui arrivait aussi de rester toute une journée au creux d'un fourré à écouter une compagnie de perdreaux et à la regarder se pavaner. Mais, par-dessus tout, il se plaisait à courir dans la pénombre des nuits d'été. Il captait mieux alors les murmures étouffés de la forêt. Comme un homme lit un livre, il déchiffrait les signes et les bruits. Il cherchait enfin cette chose singulière qui, à tout instant, même lorsqu'il était éveillé, l'appelait et lui ordonnait de venir.

Une nuit, il fut tiré en sursaut de son sommeil. Et il se trouva debout, les yeux dilatés, les narines frémissantes, la collerette agitée de vagues successives. L'appel lui parvenait de la forêt, en une seule note (ce n'était pas chaque fois la même), mais d'une netteté exceptionnelle : un long hurlement semblable à ceux que poussent les chiens esquimaux — et pourtant différent. Très vite, en silence, il traversa le camp endormi et s'enfonça dans la forêt. Mais, quand il se sentit plus près de l'appel, il ralentit. Puis il ne progressa plus que pas à pas, avec une prudence extrême, jusqu'au moment où il découvrit, au centre d'une clairière, un loup très maigre, assis sur son arrière-train et le museau vers le ciel.

Buck était bien certain de n'avoir fait aucun bruit. Pourtant, le loup cessa de hurler et flaira la brise, à la recherche d'une odeur. Buck, presque en rampant, s'avança dans la clairière, le corps ramassé sur lui-même, la queue droite et raide, d'un pas encore plus prudent qu'auparavant. Chacun de ses mouvements exprimait à la fois menace et proposition d'amitié. C'était la trêve qui caractérise toute rencontre de deux animaux sauvages en quête d'une proie. Pourtant, dès qu'il aperçut Buck, le loup s'enfuit. Buck, par bonds violents, se jeta à sa poursuite. A tout prix, il voulait le rejoindre. Il réussit à le coincer dans le lit d'une rivière. Le loup avait la retraite coupée par des arbres abattus. Il pivota sur ses pattes postérieures, selon la méthode de tous les esquimaux quand ils se trouvent dans cette situation, et il fit face. Le pelage hérissé, il grognait et imprimait un claquement rapide et continu à ses mâchoires.

Cependant, Buck ne l'attaqua pas. Il se contenta de décrire des cercles autour de lui en multipliant les avances. Mais le loup se méfiait et avait peur. Sa tête

atteignait à peine l'épaule du nouveau venu et celui-ci pesait au moins deux fois plus lourd que lui. Brusquement, il se détourna et s'enfuit. La poursuite recommença. Trois fois encore, il fut coincé. Trois fois, il parvint à se dégager. Heureusement, il était affaibli, peut-être par les privations, sinon il aurait été insaisissable. Il galopait jusqu'au moment où Buck l'avait rejoint, ralentissait pendant quelques secondes et, soudain, il repartait dans une autre direction.

A la fin, la ténacité de Buck fut récompensée. Ayant compris qu'on ne lui voulait aucun mal, le loup s'arrêta et frotta sa truffe contre celle de Buck. L'amitié était scellée. On pratiqua alors quelques-uns de ces jeux à la fois brutaux et timides par lesquels les bêtes primitives donnent le change sur leur férocité. Après quelque temps, le loup abandonna la partie et s'éloigna d'un petit trot souple, après avoir clairement fait comprendre à son partenaire qu'il avait affaire autre part. Et, comme il invitait aussi Buck à le suivre, ils partirent côte à côte dans le crépuscule. Ils remontèrent le lit d'un ruisseau, puis gravirent un ravin jusqu'à la ligne de partage des eaux.

Ils descendirent l'autre versant du ravin et débouchèrent sur une plaine où circulaient de nombreuses rivières entre de vastes étendues de forêts. Des heures et des heures, ils trottèrent ou galopèrent. Le soleil se leva. Le jour devint de plus en plus chaud. Buck était merveilleusement heureux. Enfin, il réagissait comme il convenait à l'appel sauvage! En compagnie d'un frère de sang, il se dirigeait vers l'endroit d'où venait cet appel — sans le moindre doute. Des souvenirs montaient du fond de sa mémoire, l'assaillaient, se faisaient de plus en plus pressants. Il les accueillait, comme il avait accueilli naguère certaines réalités dont ils n'étaient que les reflets. Ce qu'il faisait en ce moment, il l'avait fait autrefois, mais dans un monde lointain, obscur, dont il gardait quelques images mouvantes. Déjà, en foulant librement un sol vierge, sous un ciel sans limites, il recommençait tout.

Pour se désaltérer, ils s'arrêtèrent au bord d'un ruisseau. A ce moment, une pensée revint à Buck : celle de John Thornton. Il s'assit. Le loup s'éloigna, toujours vers l'endroit d'où venait sûrement l'appel. Quand il s'aperçut que Buck n'avait pas bougé, il fit demi-tour, frotta sa truffe contre celle de son compagnon, essaya de le persuader de le suivre. Mais, après s'être levé, Buck prit sans hâte le chemin du retour. Pendant près d'une heure, ils trottèrent l'un près de l'autre. Le frère sauvage ne cessait de gémir. A la fin, il s'arrêta, se laissa tomber sur son arrière-train, dressa son museau à la verticale et entama un hurlement désolé. Buck poursuivit sa route. Il ne cessa d'entendre le hurlement qu'après avoir parcouru de nombreux kilomètres.

John Thornton était en train de dîner lorsque Buck reparut, sauta sur lui et, dans un délire de tendresse, le renversa, le piétina, lui lécha la figure, lui mordilla la main. Bref, il fit le « maboul », comme disait John

quand il lui secouait la tête en l'accablant de qualifi-
catifs grossiers, mais prononcés du ton le plus affectueux.

Pendant deux jours et deux nuits, Buck resta au
camp et ne quitta pas son maître du regard. Il le
suivait sur les lieux de travail, l'observait pendant
qu'il mangeait. Il était là quand John se glissait dans
ses couvertures, là encore quand il en sortait. Mais,
bientôt, l'appel lui parvint de nouveau de la forêt,
plus impérieux que jamais. Et, de nouveau, ce furent
l'inquiétude et la fièvre. Buck revoyait le frère sauvage, leur voyage côte à côte au-delà de la ligne de
partage des eaux à travers un pays si accueillant, tour
à tour boisé et découvert. Il se reprit à vagabonder
dans la forêt. Parfois, il s'arrêtait, attendait longuement. Mais il n'entendit plus le hurlement désolé, et
le frère sauvage ne revint pas.

De plus en plus souvent, il dormit dehors. Il
s'absentait parfois plusieurs jours. Un matin, il s'aven-
tura jusqu'à la ligne de partage des eaux. Puis il
descendit jusqu'au pays accueillant. Une semaine
entière, il erra. Il chercha en vain les empreintes qui
auraient pu être laissées par le frère sauvage. Sans
cesse, il se déplaçait d'un trot rapide, infatigable. Il ne
s'arrêtait que lorsqu'il avait faim. Il tuait, mangeait et
repartait. Il pêcha des saumons dans un large torrent
qui allait au loin se mêler à la mer. Au bord de ce
même torrent, il égorgea un grand ours noir. Ce
dernier, lui aussi, était occupé à pêcher. Du moins, il
s'y essayait. Mais, aveuglé par les moustiques, il n'y
parvenait pas. Il rugissait de colère et d'impuissance.

Malgré cela, le combat fut très dur. Buck ne remporta la victoire qu'en faisant appel à ce qui restait en lui de férocité primitive. Deux jours plus tard, quand il revint au bord du torrent, il trouva une douzaine de blaireaux qui se disputaient la carcasse de l'ours. Il les éparpilla comme des fétus. Deux d'entre eux restèrent sur le carreau, tandis que les autres s'enfuyaient.

De plus en plus, Buck se sentait avide de sang. Il était né pour tuer, pour chasser et se nourrir d'êtres vivants. Et cela, seul, sans le moindre soutien. Grâce à sa force et son habileté, il réussissait à survivre dans un milieu hostile où les faibles sont voués à l'anéantissement. Il devint fier de ses exploits, et sa fierté se communiqua de son cerveau à son corps tout entier. On la devinait dans ses moindres mouvements, dans le jeu de ses muscles. Elle éclatait dans son attitude et donnait à son pelage un lustre royal. S'il n'y avait eu un trait sombre courant de son museau à son front et une tache blanche qui éclaboussait sa poitrine, il aurait pu être pris pour un loup plus grand que tous les animaux de cette espèce, un loup gigantesque. De son père, le saint-bernard, il tenait le poids et les proportions. Mais c'était sa mère, chienne de berger, qui lui avait donné une silhouette en rapport avec son poids et sa taille. Son museau effilé était celui du loup, en plus long ; sa tête, celle du loup, en plus massif.

Sa ruse tenace était aussi celle du loup. L'intelligence du saint-bernard s'unissait en lui à celle du chien de berger. Toutes ces qualités, sans omettre une sorte de science acquise à l'école la plus cruelle, faisaient de lui un animal aussi redoutable que tous ceux qui hantent les solitudes. Carnivore, ne vivant que de chair fraîche, il était au sommet de sa forme. Il débordait de vigueur et de puissance.

Quand John Thornton le caressait, il y avait, après le passage de sa main sur le pelage, comme un crépitement d'étincelles. Chaque poil était électrisé. Toutes les parties du corps, cerveau, muscles, nerfs, etc., fonctionnaient dans une harmonie parfaite, comme si elles avaient été réglées au même diapason. Buck réagissait aux événements, aux images et aux sons, avec une rapidité foudroyante. Qu'il s'agît d'attaquer ou de se défendre, il bondissait deux fois plus vite qu'un esquimau. Il percevait les bruits et les moindres mouvements en moins de temps que n'importe quel autre chien. Ou plutôt, il les percevait et entrait en action presque à l'instant où ils se produisaient. En lui, perception, détermination et action se succédaient. Mais elles paraissaient simultanées, si brefs étaient les intervalles qui les séparaient. Ses muscles, surchargés de vitalité, se déclenchaient comme des ressorts d'acier. La vie était en lui un flot joyeux, splendide, et si déchaîné que, sans cesse, elle semblait près de rompre ses digues et de se répandre généreusement sur le monde.

Un jour, Buck sortit du camp d'un pas majestueux. John Thornton et ses associés l'observaient.

« Il n'y a jamais eu un chien comme celui-là, dit John.

— Après l'avoir fabriqué, on a dû casser le moule, dit Peter.

— C'est bien mon avis », approuva Hans.

S'ils avaient pu l'observer lorsqu'il eut pénétré dans les profondeurs secrètes de la forêt, ils auraient été stupéfaits de sa brusque transformation. Buck avait abandonné le pas majestueux. Changé brusquement en un animal sauvage, il ne progressait plus qu'en rampant à demi, à la façon des félins. Il passait et disparaissait comme une ombre parmi des ombres. Il savait profiter des moindres buissons, des moindres accidents de terrain, s'aplatissait sur le sol et frappait. Il savait surprendre au nid une perdrix des neiges, casser l'échine d'un lapin endormi, attraper les petits écureuils au moment où, trop tard, ils s'agrippaient au tronc d'un arbre pour se réfugier sur les branches. Il était plus prompt que les poissons des étangs. Et il se moquait bien de la prudence d'un castor occupé à réparer son barrage! Il ne tuait pas par caprice, mais pour manger. Toutefois, il préférait manger ce qu'il avait tué lui-même. Il lui arrivait cependant de chasser pour le plaisir. Par exemple, il se glissait jusqu'à un écureuil, le capturait, puis lui rendait la liberté. Et il le regardait grimper, avec des cris d'épouvante, jusqu'à la cime d'un arbre.

A l'automne, les élans commencèrent à apparaître de plus en plus nombreux. Lentement, ils descendaient vers les vallées plus basses et plus tièdes où ils passeraient l'hiver. Buck avait déjà abattu un jeune qui avait commis la folie de s'écarter du troupeau.

Mais il voulait une proie plus grosse, plus dange-
reuse. Un jour, il trouva ce qu'il cherchait à la ligne
de partage des eaux. Un troupeau de vingt bêtes
arrivait de la plaine. Il était conduit par un vieux mâle
qui semblait d'humeur plutôt maussade. Haut de
près de deux mètres, il représentait pour Buck
l'adversaire rêvé. En marchant, il balançait
d'immenses bois terminés par des pointes acérées. A
la vue de Buck, il gronda de colère et une lueur
méchante s'alluma dans ses petits yeux. Une flèche,
dont on ne distinguait que l'empennage, était plantée
dans son flanc, près de l'épaule. Cette blessure expli-
quait peut-être son irritation.

Buck entreprit de le séparer du troupeau. Ce ne fut
pas une tâche aisée. Il se mit à aboyer, en dansant de
droite et de gauche, en se tenant juste hors de portée
des terribles sabots plats qui l'auraient écrasé d'un
seul coup. Devant les crocs qui le menaçaient, l'élan
n'osait pivoter sur lui-même ni continuer sa route. En
deux ou trois secondes, il atteignit le paroxysme de la
rage. A certains moments, il chargeait. Buck reculait,
faisait semblant d'être dans l'incapacité de fuir.
Souvent, quelques jeunes, chargeant à leur tour,
permettaient au vieux mâle de se rapprocher du
troupeau. Mais il lui fallait bien recommencer à se
défendre.

Les animaux sauvages possèdent une ténacité par-
ticulière. Ils sont obstinés, infatigables — comme la
vie. Quand il le faut, ils observent l'immobilité totale
de l'araignée sur sa toile, du serpent enroulé, de la

panthère en embuscade. Cette immobilité est le seul moyen de tromper une proie vivante.

Buck s'accrocha au troupeau, retarda sa marche. Il faisait de son mieux pour agacer les jeunes, pour inquiéter les femelles et leurs petits, pour alimenter la rage du vieux chef blessé. Il appliqua cette tactique tout l'après-midi. Il multipliait les attaques. Il était partout à la fois. Il enveloppait le troupeau d'un tourbillon incessant, s'acharnait à isoler le vieux chef, puis lui permettait de revenir près des autres. Il fatiguait sa proie, mais gardait lui-même toute sa vigueur.

Le soleil se coucha. La nuit tomba vite. A cette époque de l'année, elle durait six heures. De plus en plus, les jeunes renâclaient à aider le vieux chef. Le proche hiver les attirait vers des régions plus basses, plus abritées. Ils avaient de plus en plus de mal à tirer de sa torpeur l'animal énorme, aux trois quarts exténué, sur lequel Buck avait jeté son dévolu. Et puis, ce n'était pas le troupeau qui était menacé. C'était seulement l'un de ses membres. Les jeunes le savaient bien. Finalement, leur propre vie n'étant pas en danger, ils s'inclinèrent devant l'inévitable.

Aux dernières lueurs du crépuscule, le vieux chef, tête basse, regarda s'éloigner d'un pas rapide ses congénères : les femelles, les petits qu'il avait engendrés, les mâles qu'il avait dominés. Il ne pouvait plus espérer les suivre, car, devant son museau, sautait sans cesse un fauve impitoyable armé de crocs, qui lui interdisait le passage. Il pesait six cents kilos et avait vécu longuement, puissamment. Il avait combattu mille fois. Et voilà qu'il lui fallait affronter la mort sous l'aspect d'un animal dont le front atteignait à peine ses genoux rugueux.

A partir de ce moment, nuit et jour, Buck ne le lâcha plus. Il ne lui permit pas de se reposer, de brouter les feuilles des arbres et les pousses de bouleau ou de saule, ni même d'apaiser la fièvre de sa blessure, en buvant dans les ruisseaux qu'ils croisaient en chemin. Souvent, dans un accès de désespoir, le vieux mâle s'éloignait au galop. Buck ne tentait pas de l'arrêter. Il se contentait de le suivre de près. C'était comme une sorte de jeu très plaisant. Dès que le vieux mâle s'arrêtait, Buck se cachait dans les hautes herbes. Puis il l'attaquait férocement à l'instant même où il essayait de brouter ou de se désaltérer.

De plus en plus, le vieux mâle courbait sa grande tête alourdie par la ramure. Son trot devenait traînant et toujours plus faible. Il demeurait parfois une heure immobile, le museau au ras du sol, les oreilles molles, pendantes. Buck en profitait pour laper un peu d'eau et se reposer. Il ne perdait pas un instant du regard sa victime. Haletant, la gueule entrouverte sur sa langue rouge, il écoutait les rumeurs de la forêt, et il lui semblait que quelque chose se modifiait autour de lui, qu'il y avait dans le paysage une agitation nouvelle, et que le paysage lui-même n'était plus tout à fait ce qu'il était auparavant. C'était un peu comme si leur présence à tous les deux — celle du chasseur et de sa proie — réveillait et faisait palpiter la forêt, les ruisseaux, l'atmosphère. Cette impression n'était pas transmise à Buck par la vue, l'ouïe ou l'odorat, mais par un sens plus secret, plus subtil. Il ne voyait rien de précis, n'entendait rien. Pourtant, il savait que tout était changé, que quelque chose de singulier se préparait, se construisait... Il résolut, dès que sa tâche serait terminée, d'examiner de près cette affaire.

Ce fut à la fin du quatrième jour qu'il abattit le grand élan. Il resta un jour et une nuit près de la carcasse, s'affaira autour d'elle, mangea, dormit. Puis, reposé, l'estomac plein, les muscles élastiques, il se tourna vers le camp de John Thornton et partit à bonne allure. Des heures et des heures, il trotta ou galopa sans s'arrêter. Jamais il ne se trompait de direction. A travers des régions qu'il connaissait à peine, il s'orientait avec infiniment plus d'assurance qu'un homme muni d'une boussole.

En se rapprochant du camp, il sentit de plus en plus cette agitation bizarre qui l'avait troublé quand il poursuivait le grand élan. Il eut l'impression que la vie, à une distance encore assez grande, était différente de ce qu'elle avait été au cours de la belle saison. Et maintenant, ce n'était plus un sens secret et subtil qui lui imposait cette certitude. C'étaient les choses et les êtres vivants. Il la puisait dans les murmures du vent, dans le bavardage des oiseaux et des écureuils. Plusieurs fois, il s'arrêta, renifla fortement l'air vif du matin. Il y capta un message qui le fit repartir d'un galop plus rapide. Il pressentait un malheur. Il avait la poitrine serrée. Il redoutait d'arriver trop tard.

Lorsqu'il eut traversé la dernière ligne de partage des eaux et qu'il commença de descendre vers la vallée qui abritait le camp, il ralentit et ne progressa plus qu'avec prudence.

Cinq kilomètres plus loin, il tomba sur une piste fraîche dont l'odeur fit se hérisser les poils de sa collerette. Elle conduisait droit au camp... et à John Thornton. Il reprit sa course. Ses nerfs tendus et ses sens en alerte lui permettaient de relever çà et là maints détails formant toute une histoire, dont la conclusion seule demeurait inexpliquée. Grâce à son odorat, il reconstituait la silhouette et la physionomie de plusieurs êtres vivants sur les talons desquels il cheminait. Il remarqua aussi combien était lourd le silence de la forêt. Plus d'oiseaux. Quant aux écureuils, ils devaient se cacher. Il n'en aperçut qu'un d'un gris luisant, si bien aplati contre un tronc d'arbre abattu qu'il avait l'air d'une excroissance du bois.

Tandis qu'il filait sur la piste avec les glissements d'une ombre, sa truffe s'orienta brusquement à gauche, comme attirée par une force irrésistible. Buck suivit cette nouvelle odeur jusque dans un fourré où il trouva Nig. Celui-ci était couché sur le flanc. Il avait dû se traîner à cet endroit pour mourir.

Une flèche l'avait transpercé. On en voyait la pointe et l'empennage de part et d'autre de son corps.

Cent mètres plus loin, il s'arrêta près de l'un des chiens que John Thornton avait achetés à Dawson. Ce chien luttait encore contre la mort. Buck le contourna et poursuivit son chemin. Un bruit confus lui parvenait du camp : des voix qui montaient, descendaient en une psalmodie obsédante. Puis ce fut le bord de la clairière. Buck se tapit sur le sol, rampa et s'arrêta à un mètre de Hans qui, couché à plat ventre, le dos criblé de flèches, avait l'aspect d'un porc-épic. Au même instant, il aperçut plus loin, là où se dressait auparavant la hutte de branchages, un spectacle qui le fit tressaillir et l'envahit d'une rage aveugle. Sans s'en rendre compte, il poussa un grognement retentissant. Pour la dernière fois de sa vie, il permettait à la colère de dominer en lui la ruse et la raison. Mais, s'il se laissait aller ainsi à perdre la tête, c'était pour l'amour que John Thornton n'avait cessé de lui inspirer.

Les Yeehats dansaient autour des débris de la hutte lorsqu'ils entendirent l'effrayant grondement de Buck. Ils s'interrompirent et virent se ruer sur eux un animal tel qu'ils n'en avaient jamais vu auparavant, un ouragan de fureur, une bête qui semblait résolue à les anéantir tous. Buck attaqua d'abord le plus proche, le chef de cette tribu indienne. Il lui trancha la veine jugulaire, et le sang jaillit comme une fontaine. Sans s'attarder, il sauta sur un autre Yeehat et, au passage, il lui trancha aussi la gorge. Après quoi, il plongea dans le groupe des guerriers, estropiant l'un, égorgeant l'autre, si vite et avec une telle dextérité qu'il échappait aux flèches qui commençaient à siffler autour de lui. En fait, il était si rapide dans ses mouvements et les Indiens si près les uns des autres qu'il leur arrivait de se blesser entre eux. A un moment donné, un jeune guerrier profita de ce que Buck sautait pour lui lancer un javelot. Buck ne fut même pas frôlé. Mais le javelot pénétra dans la poitrine d'un autre guerrier et ressortit dans son dos. Alors, pris de panique, les Yeehats s'enfuirent vers la forêt en criant qu'ils avaient rencontré l'Esprit du Mal.

Ils ne se trompaient guère. A ce moment, Buck était la vivante incarnation du Démon. Il se jeta à leur poursuite à travers les arbres, et il les abattait l'un après l'autre aussi facilement que des chevreuils. Ce fut un jour sombre pour les Yeehats. Ils s'éparpillèrent dans toute la région. Une semaine plus tard seulement, les derniers survivants purent se rassembler au fond d'une vallée et faire le compte de leurs pertes.

Buck aurait pu continuer la poursuite des jours encore. Il préféra regagner le camp. Il ne tarda pas à trouver Peter. Celui-ci était enroulé dans ses couvertures. Il avait été tué à son réveil, au premier moment de surprise. Le sol gardait des traces très nettes à l'endroit où John Thornton s'était battu. Buck les suivit jusqu'à l'étang. Sur le bord, tête et pattes antérieures dans l'eau, gisait Skeet, fidèle jusqu'au bout. L'étang lui-même, boueux et terni par la terre aurifère, cachait ce qu'il contenait. Et ce qu'il contenait n'était autre que John Thornton! Buck suivit sa trace dans l'eau. Mais, sur l'autre bord, il n'y avait pas le moindre signe que le maître avait pu s'échapper.

Toute la journée, il rêvassa près de l'étang ou rôda dans le camp d'un pas inquiet. Il avait une claire notion de la mort : cessation des mouvements, disparition du nombre des vivants. Il avait donc la certitude que John Thornton était mort. Cette certitude creusait en lui un vide assez semblable à la faim, mais qui faisait mal, qui brûlait, et qu'aucune nourriture ne pouvait apaiser. A certains moments, il s'arrêtait pour contempler les cadavres des Yeehats. Il se sentait fier de lui-même, plus fier qu'il ne l'avait jamais été. Il avait tué des hommes, le plus noble de tous les gibiers. Il les avait tués malgré la loi des crocs et du gourdin. Il flaira les cadavres avec curiosité. Ces hommes étaient morts bien facilement. Il était moins aisé de tuer un chien esquimau. Les hommes n'étaient pas des ennemis bien dangereux, sauf quand ils disposaient de flèches, de gourdins et de javelots. Ainsi, Buck ne les redouterait plus jamais, surtout quand ils auraient les mains nues.

La nuit tomba. Une pleine lune se hissa au-dessus des arbres et s'éleva très haut dans le ciel. Elle répandit bientôt sur la terre une clarté surnaturelle. Buck s'était recouché près de l'étang. Il rêvait, évoquait avec chagrin le maître disparu. Bientôt, il perçut des bruits, des mouvements venant de la forêt. Rien de comparable avec ceux que produisaient les Yeehats. Il se leva, tendit l'oreille, huma la brise. Un faible et bref jappement lui parvint de très loin, suivi par un chœur d'autres jappements, aussi brefs et aussi faibles. Puis, à mesure que les instants passaient, ils devinrent plus forts, plus proches. Buck reconnut une fois de plus une manifestation de cet autre monde qui demeurait si profondément gravé dans sa mémoire. Il alla jusqu'au centre de la clairière, tendit de nouveau l'oreille. Ce qu'il entendait, c'était l'appel sauvage si souvent capté, mais, cette nuit-là, plus séduisant que jamais, plus impérieux aussi. Et, plus que jamais, il se sentait prêt à lui obéir. John Thornton était mort. Le dernier lien était rompu avec les hommes et leurs exigences.

Comme les Yeehats les jours précédents, les loups — toute une bande — chassaient pour leur nourriture. Ils se déplaçaient sans cesse, harcelaient de flanc les troupeaux d'élans. C'est ainsi qu'après avoir traversé le pays des forêts et des eaux, ils débouchèrent soudain dans la vallée, puis dans la clairière baignée de clarté argentée au milieu de laquelle, immobile comme une statue, Buck les attendait. Lorsqu'ils le découvrirent, impressionnant de calme et de puissance, ils s'arrêtèrent, pleins de crainte respectueuse. Le plus hardi se détacha de la bande et fonça. Rapide comme la foudre, Buck lui cassa l'échine. Et, tandis que le loup agonisait derrière lui, il reprit son immobilité. Trois autres, coup sur coup, tentèrent leur chance. Ils durent reculer, le sang jaillissant de leurs gorges ou de leurs épaules.

Cela suffit à lancer toute la bande en avant, mais dans un désordre dû à la hâte d'abattre enfin cette proie récalcitrante. La promptitude et l'agilité de Buck firent merveille. Pivotant sur son arrière-train, il frappait, blessait, égorgeait. Il était partout à la fois. On le voyait de front. Mais, déjà, il s'était détourné, attaquant à droite, à gauche. Souvent, pour ne pas être surpris par-derrière, il dut reculer jusqu'à l'étang, jusqu'à la rivière asséchée, jusqu'à une haute barrière de graviers que John Thornton et ses associés avaient extraits du sol, lorsqu'ils cherchaient de l'or. Il s'adossait à cette barrière qui le protégeait assez bien de trois côtés, et il ne lui restait plus qu'à faire face.

Il le fit si bien qu'au bout d'une demi-heure les loups, déconcertés, abandonnèrent la bataille. Dans le clair de lune, leurs crocs luisaient d'un éclat cruel, leurs langues pendaient, se balançaient. Plusieurs se couchèrent, la tête haute, les oreilles pointées. D'autres, restés debout, scrutaient le vainqueur. D'autres encore lapaient l'eau de l'étang. L'un d'entre eux, long, maigre et grisonnant, s'avança d'un pas prudent, mais avec une attitude amicale. Buck reconnut le frère sauvage avec lequel il avait couru une nuit et un jour. Le frère sauvage gémit. Buck en fit autant. Ils allongèrent le cou et leurs truffes se touchèrent.

Un très vieux loup, décharné, couvert de cicatrices, succéda au frère sauvage. Buck retroussa ses babines.

Mais il maîtrisa le grondement qui lui montait de la gorge et frôla de sa truffe celle du vieux loup. Après quoi, ce dernier s'assit, pointa son museau vers la lune et fit entendre un hurlement prolongé. Les autres loups l'imitèrent. Maintenant, l'appel était tout proche, si facile à déchiffrer ! Buck s'assit à son tour et hurla. Il était resté adossé à la barrière de graviers. Le concert terminé, il s'avança et la bande forma un cercle autour de lui. On le flaira presque sans méfiance. Quelques loups lancèrent un jappement et filèrent vers la forêt. Tous les autres le suivirent, jappant en chœur. Et Buck jappa lui aussi, en galopant côte à côte avec le frère sauvage.

Ici pourrait s'arrêter l'histoire de Buck. Quelques années plus tard, les Yeehats remarquèrent des changements dans l'aspect des loups qui hantaient la forêt. Certains portaient des taches brunes sur le museau et le crâne, et une tache blanche à la poitrine. Il y avait cependant plus étonnant. Les Yeehats prétendirent qu'un chien fantôme commandait la bande. Ils redoutaient ce chien, car, plus rusé qu'eux, il venait voler jusque dans leurs camps. Par les hivers les plus durs, il saccageait leurs pièges, égorgeait leurs chiens, défiait leurs plus braves chasseurs.

Aujourd'hui, la situation s'est encore aggravée. Certains chasseurs ne reviennent pas au camp. D'autres sont découverts la gorge tranchée. Autour de leurs corps, on relève des empreintes plus grandes que celles d'un loup ordinaire. A chaque automne, quand les Yeehats suivent la migration des élans, ils se gardent bien de pénétrer dans certaine vallée. Il y a des femmes qui tremblent soudain quand, autour d'un feu de camp, quelqu'un raconte pourquoi l'Esprit du Mal a choisi cette vallée pour demeure.

Ce qu'ils ignorent, c'est qu'elle reçoit l'été un visiteur, un loup de belle taille, au superbe pelage. Mais est-ce vraiment un loup? Il ressemble aux animaux de cette espèce, sans leur ressembler tout à fait. Après avoir traversé le riant paysage qui se déploie au-delà de la ligne de partage des eaux, il descend jusqu'à une clairière entourée d'arbres. Là, un ruisseau jaune comme l'or, hérissé de hautes herbes, suinte de quelques sacs moisis en cuir d'élan, et se décolore dès qu'il se mêle au lit de terre molle. Le visiteur reste un moment près du ruisseau, lance un long hurlement désolé, puis s'en va.

Cependant, il n'est pas toujours seul. Quand viennent les interminables nuits d'hiver et que les loups cherchent des proies dans les vallées basses, on voit quelquefois le visiteur de la clairière galoper à leur tête, au clair de lune ou à la lueur vacillante d'une aurore boréale. De ses bonds gigantesques, il domine ses compagnons. Sa gorge puissante rythme les accents du chant d'un monde plus jeune, qui est le chant de la bande.

TABLE

IMPRIMÉ EN FRANCE PAR BRODARD ET TAUPIN
Usine de La Flèche, 72200.
Dépôt légal Imp : 6944E-5 – Edit : 7304.
20-06-8038-01-0 – ISBN : 2-01-015425-8.
Loi n° 49-956 du 16 juillet 1949 sur les publications destinées à la jeunesse.
Dépôt : avril 1992.

LA VERTE
La lecture se

LE CAHIER JAUNE
FRANÇOIS SAUTEREAU

DE LA TERRE À LA LUNE
JULES VERNE

LE FAUCON MALTÉ
ANTHONY HOROWITZ